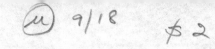

LES CHAMPS
D'HONNEUR

DU MÊME AUTEUR

LES CHAMPS D'HONNEUR, *roman,* 1990
DES HOMMES ILLUSTRES, *roman,* 1993
LE MONDE À PEU PRÈS, *roman,* 1996
LES TRÈS RICHES HEURES, théâtre, 1997
POUR VOS CADEAUX, *roman,* 1998
SUR LA SCÈNE COMME AU CIEL, *roman,* 1999

Chez d'autres éditeurs

LE PALEO CIRCUS *(Flohic Éditions)*
ROMAN-CITÉ dans PROMENADE À LA VILLETTE (Cité des
   Sciences/Somogy)
CADOU, LOIRE INTÉRIEURE (Editions Joca Seria)
CARNAC ou LE PRINCE DES LIGNES (Seuil Jeunesse)
LA DÉSINCARNATION (Gallimard)

JEAN ROUAUD

LES CHAMPS D'HONNEUR

LES ÉDITIONS DE MINUIT

© 1990/1996 by LES ÉDITIONS DE MINUIT
7, rue Bernard-Palissy, 75006 Paris

ISBN 2-7073-1565-6

I

C'était la loi des séries en somme, martingale triste
dont nous découvrions soudain le secret – un secret
éventé depuis la nuit des temps mais à chaque fois
recouvert et qui, brutalement révélé, martelé, nous
laissait stupides, abrutis de chagrin. C'est grand-
père qui a clos la série, manière d'enfoncez-vous-ça-
bien-dans-la-tête tout à fait inutile. Cet acharnement
– comme si la leçon n'avait pas été retenue. Ce coup
de trop risquait même de passer inaperçu, et pour
grand-père ce fut de justesse. Un soir, sans semonce
ni rien, le cœur lui a manqué. Son âge un peu bien
sûr, mais à soixante-seize ans on ne voyait pas qu'il
avait de prise sur lui. Ou les derniers événements
l'avaient-ils plus marqué qu'il n'avait paru. Un vieil
homme secret, distant, presque absent. Et ce détachement allié à un raffinement extrême dans sa mise
et ses manières avait quelque chose de chinois. Son
allure aussi : des petits yeux fendus, des sourcils
relevés comme l'angle des toits de pagode, et un
teint jaunâtre qu'il devait moins à une quelconque
ascendance asiatique (ou alors très lointaine, par le
jeu des invasions – une résurgence génétique) qu'à
l'abus des cigarettes, une marque rarissime qu'on ne
vit jamais fumer que par lui – des paquets vert

amande au graphisme vieillot qu'il prétendit une fois à notre demande faire venir de Russie, mais une autre fois, avec le même sérieux, de Pampelune derrière la lune. On arrêta sans doute la production à sa mort. De fait, il fumait bien son champ de tabac à lui seul, allumant chaque cigarette avec le mégot de la précédente, ce qui, quand il conduisait, embarquait la 2 CV dans un rodéo improvisé. Le mégot serré entre le pouce et l'index de la main droite, la cigarette nouvelle au coin des lèvres, il fixait attentivement la pointe rougie sans plus se soucier de la route, procédant par touches légères, tirant des petites bouffées méthodiques jusqu'à ce que s'élève au point de contact un mince filet de fumée. Alors, la tête rejetée en arrière pour ne pas être aveuglé, bientôt environné d'un nuage dense qu'il balayait d'un revers de la main, il soulevait du coude la vitre inférieure battante de la portière, jetait le mégot d'un geste vif et, toujours sans un regard pour la route, donnait un coup de volant arbitraire qui secouait les passagers en tous sens. Conscience émoussée par la vieillesse ou, après une longue existence traversée d'épreuves, un certain sentiment d'immunité. Sur la fin il n'y avait plus grand monde pour oser l'accompagner. Les cousins adolescents avaient inventé (cela arriva deux ou trois fois – on se voyait peu) de se ceindre le front d'un foulard ou d'une cravate empruntée à leurs pères et de s'installer à ses côtés en poussant le « Banzaï » des kamikazes. Le mieux était de répondre à leurs gestes d'adieu par des mouchoirs agités et de pseudo-versements de larmes. Au vrai, chacun savait que la lenteur du véhicule ne leur faisait pas courir grand risque, mais les interminables enjambements de lignes jaunes, les errances sur la voie de gauche, les bordures mordues sur lesquelles les roues patinaient entraînant la 2 CV dans un pénible mouvement de ressort, les croisements périlleux : on en descendait verdâtre comme d'un train fantôme.

Pour les manœuvres délicates, inutile de proposer ses services en jouant les sémaphores. Déjà le rôle ne s'impose pas vraiment. On peut même y voir comme un dépit de n'être pas soi-même aux commandes – ces gestes un peu ridicules qui tournent dans l'espace un volant imaginaire. Mais, avec grand-père, on avait tout de la mouche du coche. On avait beau le mettre en garde, le prévenir en rapprochant les mains l'une vers l'autre que l'obstacle à l'arrière n'était plus qu'à quelques centimètres maintenant, il vous regardait avec lassitude à travers la fumée de sa cigarette et attendait calmement que ses pare-chocs le lui signalent. A ce jeu, la carrosserie était abîmée de partout, les ailes compressées, les portières faussées. La voiture y avait gagné le surnom de Bobosse. Si grand-père l'apprit jamais, il faisait montre de suffisamment d'indifférence pour ne pas s'en émouvoir, et il est vraisemblable que ses pensées nous avaient catalogués une fois pour toutes : petits morveux, ou ce genre. Peut-être s'en moquait-il vraiment.

Quand il pleuvait à verse, ce qui ne constitue pas une anomalie au bord de l'Atlantique, la 2 CV ballottée par la bourrasque, ahanant contre le vent, prenant l'eau de toutes parts, tenait du caboteur délabré embarqué contre l'avis météo sur une mer trop grosse. La pluie s'affalait sur la capote dont on éprouvait avec inquiétude la précarité, tonnerre roulant, menaçant, qui résonnait dans le petit habitacle comme un appel des grands fonds. Par un, puis plusieurs trous microscopiques de la toile se formaient à l'intérieur des lentilles d'eau qui bientôt grossissaient, s'étiraient, tremblotaient, se scindaient et tombaient à la verticale sur une tête, un bras, un genou, ou, si la place était libre, au creux d'un siège, jusqu'à former par une addition de rigoles une petite mare conséquente qu'il ne fallait pas oublier d'éponger avant de s'asseoir. Ce système de clepsydre se changeait très vite en supplice, car à l'exaspérante régularité du goutte-à-goutte s'ajoutaient les arrivées d'eau latérales, impromptues et à contretemps. La pluie giclait par les joints à demi arrachés des portières – cet air de ne pas y toucher du crachin qui, sur la distance, trempe aussi sûrement qu'une averse. Au début, on s'essayait à tenir sur le modèle de grand-père imperturbable dans la tourmente, comme s'il s'agissait de franchir le mur du mystère, de vérifier avec lui que « tout ça » (son expression parfois, évasive et lasse) n'était au fond qu'une suite de préjugés, et la pluie une idée, juste un avatar, un miroitement de l'illusion universelle. C'était peut-être le cas au plus haut degré de l'esprit, quand le corps s'extrait de la matière pour s'élever dans les airs – ou dans des voitures confortables, silencieuses et étanches, qui donnent la sensation de voyager au cœur d'un nuage – mais ce pétillement léger qui se chargeait au passage de la rouille des portières et traçait des micro-tavelures sur les sièges imposait au fil des kilomètres sa manière têtue, et, après quelques minutes d'un yoga humide, convaincu par les mœurs brutales du réel, on se résignait à sortir un mouchoir de sa poche et à s'essuyer le visage. C'est en subissant la loi de tels petits faits obtus que l'enfance bascule, morceau par morceau, dans la lente décomposition du vivant.

Curieusement, les trajectoires des gouttelettes qui filtraient à l'oblique, passé le premier agacement, créaient un climat de bonne humeur : l'attente déçue du miracle où la pluie glisserait sur nous comme sur les plumes d'un canard nous poussait à un règlement de comptes moqueur. Rapides, tendues, ou au contraire se posant en bout de course avec mollesse, les gouttelettes frappaient au petit bonheur le coin de l'œil, la tempe, la pommette, ou visaient droit au creux de l'oreille, si imprévisibles, aux paramètres si compliqués, qu'il était inutile de chercher à s'en prémunir, à moins de s'enfouir la tête dans un sac. Le jeu, bataille navale rudimentaire, consistait simplement à annoncer « Touché » quand l'une d'elles, plus forte que les autres, nous valait un sursaut, le sentiment d'être la cible d'un tireur inconnu. La seule règle était d'être honnête, de ne pas s'écrouler sur le siège, mimant des souffrances atroces, pour une goutte anodine. D'où des contestations souvent, mais en termes mesurés. On veillait à ne pas hausser le ton : la 2 CV de grand-père était un endroit solennel – non son armure comme le laissait penser l'état pitoyable de la carrosserie, mais sa cellule.

Une fois, une unique fois, il fut des nôtres, quand une goutte vint se suspendre comme un lumignon au bout de son nez et que, sortant de son mutisme, d'une voix couverte, voilée, de celles qui servent peu, il lança : « Nez coulé. » Nous cessâmes sur-le-champ de nous chamailler, presque dérangés tout d'abord par cette immixtion d'un grand dans notre cour, et puis, l'effet de surprise retombé, ce fut comme une bonne nouvelle, le retour d'un vieil enfant prodigue : grand-père n'était pas loin, à portée de nos jeux quand on l'imaginait à l'autre bout de son âge dans un bric-à-brac de souvenirs anciens – alors, soulagés, peut-être aussi pour manifester de quel poids pesait son absence, nous partons d'un rire joyeux, délivré, qui s'abrite derrière la compréhension à retardement du jeu de mots : ce nez qui coule clôt idéalement notre bataille quand, faute d'y trouver une fin, nous nous astreignions à ressasser toujours la même pauvre règle. Notre jeu d'eau improvisé se révéla définitivement impossible à reprendre, comme si d'un seul coup l'exclamation en demi-teinte de grand-père l'avait épuisé. En revanche, elle nous servit longtemps de constat désabusé à l'occasion de diverses catastrophes domestiques : du lait qui déborde de la casserole, de la lampe de poche qui flanche, à la chaîne qui saute du pédalier et à la montre arrêtée. Elle s'élargit même au cercle des personnes responsables : le « nez coulé » de papa pour une panne d'essence à deux kilomètres du bourg, quand il avait estimé pouvoir arriver à bon port en zigzaguant sur la route dans l'espoir d'utiliser jusqu'à la dernière goutte le fond du réservoir. S'il avait vécu, comme il voyageait beaucoup, l'expression avait peut-être une chance de passer dans le langage courant. Il eût fallu beaucoup d'ingéniosité pour, dans cent ans, lui restituer son origine.

La pluie est une compagne en Loire-Inférieure, la moitié fidèle d'une vie. La région y gagne d'avoir un style particulier car, pour le reste, elle est plutôt passe-partout. Les nuages chargés des vapeurs de l'Océan s'engouffrent à hauteur de Saint-Nazaire dans l'estuaire de la Loire, remontent le fleuve et, dans une noria incessante, déversent sur le pays nantais leur trop-plein d'humidité. Dans l'ensemble, des quantités qui n'ont rien de considérable si l'on se réfère à la mousson, mais savamment distillées sur toute l'année, si bien que pour les gens de passage qui ne profitent pas toujours d'une éclaircie la réputation du pays est vite établie : nuages et pluies. Difficile de les détromper, même si l'on proteste de la douceur légendaire du climat – à preuve les mimosas en pleine terre et çà et là, dans des jardins de notaire, quelques palmiers déplumés – car les mesures sont là : heures d'ensoleillement, pluviosité, bilan annuel. Le temps est humide, c'est un fait, mais l'habitude est telle qu'on finit par n'y plus prêter attention. On jure de bonne foi sous une bruine tenace que ce n'est pas la pluie. Les porteurs de lunettes essuient machinalement leurs verres vingt fois par jour, s'accoutument à progresser derrière une constellation de gouttelettes qui diffractent le paysage, le morcellent, gigantesque anamorphose au milieu de laquelle on peine à retrouver ses repères : on se déplace de mémoire. Mais que le soir tombe, qu'il pleuve doucement sur la ville, que les néons des enseignes clignotent, dessinent dans la nuit marine leur calligraphie lumineuse, ces petites étoiles dansantes qui scintillent devant les yeux, ces étincelles bleues, rouges, vertes, jaunes qui éclaboussent vos verres, c'est une féerie versaillaise. En comparaison, lunettes ôtées, comme l'original est plat.

Grâce à quoi les opticiens font des affaires. Non que les myopies soient ici plus répandues qu'ailleurs, mais nettoyer ses verres avec un pan de chemise sorti en catimini du pantalon, avec un coin de nappe au restaurant ou l'angle intact d'un mouchoir roulé en boule au creux de la main, le risque se multiplie que les lunettes se démantibulent, tombent et se brisent. C'est un des nombreux inconvénients qu'engendre la pluie, avec un fond de tristesse et des maux de tête lancinants à force de cligner des yeux. Ce remue-ménage à la racine des cheveux a peut-être une autre raison, mais à qui la faute si l'on doit courir s'abriter dans les cafés qui jalonnent le parcours ? Il ne reste plus qu'à attendre devant un verre, puis deux, trois, que le ciel s'éclaircisse. Accoudés au bar, silencieux, absorbés par leur reflet dans les vitres, les buveurs timides suivent du regard les passants courbés qui, main au col, forcent l'allure sous l'averse. Ils n'arborent aucun sourire supérieur quand un parapluie se retourne. Simplement ils se félicitent d'avoir fait preuve de plus de sagesse en se mettant au sec. Sur un ralentissement de l'ondée, un ciel plus clair au-dessus des toits, ils concluent à l'embellie, avalent d'un trait leur petit blanc, boutonnent la veste, rentrent la tête dans les épaules, parés à franchir le seuil, mais non, l'averse reprend – alors un signe du pouce au-dessus du verre à pied vide, sans un mot inutile : la même chose, quoi.

La pluie s'annonce à des signes très sûrs : le vent d'ouest, net et frais, les mouettes qui refluent très loin à l'intérieur des terres et se posent comme des balles de coton sur les champs labourés, les hirondelles, l'été, qui rasent les toits des maisons, tournoient, attentives et muettes, dans les jardins, les feuillages qui s'agitent et bruissent au vent, les petites feuilles rondes des trembles affolées, les hommes qui lèvent le nez vers un ciel pommelé, les femmes qui ramassent le linge à brassée (incomparables draps séchés au vent de la mer – cet air homéopathique d'iode et de sel entre les fibres), abandonnant sur le fil les épingles multicolores comme des oiseaux de volière, les enfants qui jouent dans le sable et que les mamans rappellent, les chats à leur toilette qui passent la patte derrière l'oreille, et trois petits coups d'ongle sur le verre bombé du baromètre : l'aiguille qui s'effondre.

Les premières gouttes sont imperceptibles. On regarde là-haut, on doute qu'on ait reçu quoi que ce soit de ce ciel gris perle, lumineux, où jouent à distance les miroitements de l'Océan. Les pluies fines se contentent souvent d'accompagner la marée montante, les petites marées au coefficient de 50, 60, dans leur train-train bi-quotidien. On se fixe toujours sur les grandioses marées d'équinoxe qui apeuraient tant les marins phéniciens – la mer évanouie sous la coque des navires, comme déversée dans la grande cascade du bout de la terre, et qui revient en vagues rageuses regagner le terrain perdu – mais celles-là sont des exceptions qui ne se produisent que deux fois l'an. Pour l'essentiel, ce va-et-vient sur une portion de vase et de rochers nappés d'algues n'attire plus depuis longtemps l'attention. Le ciel et la mer indifférenciés s'arrangent d'un camaïeu cendré, de longues veines anthracite soulignent les vagues et les nuages, l'horizon n'est plus cette ligne de partage entre les éléments, mais une sorte de fondu enchaîné. Le pays entier est à la pluie : elle peut sourdre des arbres et de l'herbe, du bitume gris à l'unisson du ciel ou de la tristesse des gens. Tristesse endémique, économe de ses effets, qui déborde parfois dans un excès de vin : verres accumulés qui tentent maladroitement de forcer le passage du Nord-Ouest conduisant à la joie. La pluie est l'élément philosophal du grand œuvre accompli sous nos yeux. La pluie est fatale. Dès les premiers symptômes, on tend la main. D'abord, on ne sent rien. On la retourne côté paume où la peau est plus sensible, mais pour recueillir quoi : une tête d'épingle, une poussière de verre dans laquelle miroite l'étendue des nuages, le ciel en raccourci au bout d'un doigt comme à travers l'œilleton minuscule des vieux porte-plume le Mont-Saint-Michel ou la basilique de Lourdes. Cette ébauche de gouttelette en main, on soupèse les risques d'une aggravation. Parfois les choses en restent là. Il ne pleuvra pas. La marée monte seule, accompagnée d'un vent caressant et soyeux qui met plus d'ordre que de pagaille dans les cheveux et n'apporte pas grande nouvelle de l'Océan. Ou en négatif : Sargasses apathiques, Bermudes calmes. Le Gulf Stream baigne la côte bretonne, ce fleuve-pirate d'eau tiède, dans l'Atlantique, en provenance des Caraïbes, à qui l'on doit les mimosas, les lauriers-roses et les géraniums – même si l'on triche un peu en rentrant les pots à la saison froide. Sans le Gulf Stream, chaque hiver, l'estuaire serait pris comme celui du Saint-Laurent dans les glaces, Nantes est à hauteur de Montréal. Or la neige dans la région est seulement une figure de style, mince pellicule une fois tous les dix ans et à peine au sol qu'elle fond déjà. Si l'on excepte bien sûr le fameux hiver 1929 où Pierre s'embarqua pour Commercy, et puis l'hiver 56 qui fit tant de victimes parmi les sans-abri mais permit aux enfants de l'estuaire de poser fièrement à côté de bonshommes de neige de leur création avec, comme ils l'avaient lu sans pouvoir jusque-là le vérifier, des boulets de charbon pour les yeux et une carotte pour le nez – chapeau, pipe et foulard complétant la panoplie. Il y eut bien aussi la sécheresse de l'été 76 où la Bretagne se retrouva sans une goutte d'eau, les prés jaunis, le maïs de la grosseur des lupins, les vaches efflanquées comme des lévriers : des avaries du temps attribuées, faute de mieux, à de mystérieuses taches solaires, l'éruption d'un volcan de l'hémisphère Sud ou le balancement de la Terre sur son axe. On s'en souvient précisément parce que ce n'est pas la norme. La norme, c'est la pluie.

Qu'il pleuve à marée montante, ce n'est pas à proprement parler une pluie. C'est une poudre d'eau, une petite musique méditative, un hommage à l'ennui. Il y a de la bonté dans cette grâce avec laquelle elle effleure le visage, déplie les rides du front, le repose des pensées soucieuses. Elle tombe discrète, on ne l'entend pas, ne la voit pas, les vitres ne relèvent pas son empreinte, la terre l'absorbe sans dommage.

L'ennui est au contraire un poison de l'âme, celui des crachins interminables et des ciels bas – bas à tutoyer les clochers, les châteaux d'eau et les pylônes, à s'emmêler dans la cime des grands arbres. Il ne faut pas se moquer des anciens Celtes qui redoutaient sa chute : les cieux métaphysiques s'inventent sous de hauts ciels d'azur. C'est une chape d'ardoise qui se couche lourdement sur la région, ménageant un mince réduit entre nuages et terre, obscur, saturé d'eau. Ce n'est pas une pluie mais une occupation minutieuse de l'espace, un lent rideau dense, obstiné, qu'un souffle suffit à faire pénétrer sous les abris où la poussière au sol a gardé sa couleur claire, ce crachin serré des mois noirs, novembre et décembre, qui imprègne le paysage entier et lamine au fond des cœurs le dernier carré d'espérance, cette impression que le monde s'achève doucement, s'enlise – mais, au lieu de l'explosion de feu finale annoncée par les religions du désert, on assiste à une vaste entreprise de dilution. Pas ici de ces larges flaques des pluies d'orage qui se résorbent au premier soleil, ni de ces crues brutales qui contraignent à des évacuations en catastrophe, victimes secourues par des barques au premier étage de leurs maisons (les champs des bords de Loire sont souvent inondés, mais il est admis que le fleuve a droit à sa géométrie variable). Le décor semble intact, la campagne est seulement plus verte, d'un vert de havresac, plus grise la ville, d'un gris plombé. L'esprit des marais a tout enveloppé. Les prairies, les pelouses sous leur verdoyance dissimulent des éponges. Les souliers qui s'y aventurent s'affublent d'énormes semelles de boue. Il est risqué de rôder aux parages des fossés, des étangs – gare à la glissade –, de frôler un buisson – c'est la douche –, de s'appuyer contre un arbre – l'écorce est gluante. On joue à l'hercule en brisant de grosses branches abattues et pourries. Les lourds cabans de drap marine ne sèchent pas de la veille. Le pain est mou, les murs se gorgent d'humidité, des continents se forment sur les tapisseries et on se demande par où cette eau millimétrique a bien pu s'infiltrer. Les radiateurs s'échauffent en vain, elle se faufile par le chas d'une aiguille comme sous un arc triomphal. Le corps craque par tous ses membres, les os tisonnent d'anciennes douleurs. Longs jours maussades sans même la promesse d'une éclaircie. Les lampes demeurent allumées du matin au soir. On écarte dix fois les rideaux pour vérifier que la pluie tombe toujours, inlassable, méticuleuse, sans paraître jamais faiblir. Les plus fragiles s'y laissent prendre : c'est à la sortie des mois noirs qu'on se jetait dans le puits.

Le crachin n'a pas cette richesse rythmique de l'averse qui rebondit clinquante sur le zinc des fenêtres, rigole dans les gouttières et, l'humeur toujours sautillante, tapote sur les toits avec un talent d'accordeur au point de distinguer, pour une oreille familière, les matériaux de couverture : ardoise, la plus fréquente au nord de Loire, tuile d'une remise, bois et tôles des hangars, verre d'une lucarne. Après le passage du grain de traîne qui clôt la tempête, une voûte de mercure tremblote au-dessus de la ville. Sous cet éclairage vif-argent, les contours se détachent avec une précision de graveur : les accroche-cœurs de pierre des flèches de Saint-Nicolas, la découpe des feuilles des arbres, les rémiges des oiseaux de haut vol, la ligne brisée des toits, les antennes-perchoirs. L'acuité du regard repère une enseigne à cent mètres – et aussi l'importun qu'on peut éviter. Les trottoirs reluisent bleu comme le ventre des sardines vendues au coin des rues, à la saison. Les autobus passent en sifflant, assourdis, chassant sous leurs pneus de délicats panaches blancs. Les vitrines lavées de près resplendissent, le dôme des arbres s'auréole d'une infinité de clous d'argent, l'air a la fraîcheur d'une pastille à la menthe. La ville repose comme un souvenir sous la lumineuse clarté d'une cloche de cristal.

Les pluies de tempête ont la volonté de faire place nette. Si le froid s'installe, elles attendent la lune suivante et à coups de bourrasques balaient toute la saleté de l'hiver. Parfois, dans l'enthousiasme, un arbre a changé de place, un autre est décapité, une voiture retournée, des cheminées prennent leur envol, des girouettes jouent les filles de l'air, – mais on se doute bien qu'il doit être difficile de doser des forces aussi considérables : les maladresses sont inévitables et l'on ne saurait parler de cyclone, même si de temps en temps un anémomètre se bloque sous la violence d'une rafale, ou cède une digue sous la fureur des vagues.

Les pluies de noroît sont glaciales et fouettent le sang. Poussées par le terrible vent qui déferle de l'Atlantique, elles giflent à l'oblique. C'est de la limaille qui cingle le visage, des flèches d'eau qui vous percent et vous assomment. Les joues, le nez, les mains sont vermillon. Les goûts ont évolué depuis la pâleur romantique jusqu'au hâle des Tropiques, mais jamais un teint couperosé n'est un critère de séduction – même chez les Indiens d'Amérique, qui exigent un beau rouge cuivré. A défaut de mettre en valeur, du moins procurent-elles, ces pluies d'hiver, la détente d'un vigoureux exercice, ce bien-être qui suit l'effort, tandis que, rentré chez soi, séché et emmitouflé, on écoute au-dehors la tempête qui hurle et cogne. Bonheur anodin mais qui compte déjà ses exclus : les sans-logis, les indigents. La pauvreté ne tire parti de rien. Diogène, de qui découle cette fiction des clochards-philosophes, c'est encore une histoire de cieux cléments. On peut sommer Alexandre, si grand soit-il, de ne pas faire écran au soleil, mais les nuages ? Le Cynique n'aurait pas fait le malin longtemps dans son tonneau : trempé, glacé, sans le plus petit rayon pour réchauffer ses vieux os, il aurait sans doute dans ses harangues réclamé plutôt l'invention de l'Armée du Salut. Les pluies d'hiver pour ceux-là sont un calvaire. Elles n'ont même pas l'aspect facétieux des ondées de printemps, quand vous avez prudemment scruté le ciel avant de sortir, qu'il apparaît serein, parsemé de nuages blancs défilant à grande vitesse, pressés de traverser le pays comme s'ils avaient pour mission de stopper une invasion de pluies barbares sur les frontières de l'Est. De confiance, vous laissez le parapluie au vestiaire, ou ce qui en tient lieu : une corbeille à papier, un bidon de lessive. L'envie de printemps est si criante après les mois sombres qu'on se rebelle contre les tenues d'hiver (cette idée que sur sa seule livrée l'hirondelle fera le printemps). De fait, les premières douceurs sont dans l'air, des serpentins tièdes et parfumés sillonnent l'ambiance encore hivernale des jours qui rallongent – on le note à quelques repères précis : une sortie de bureau, la fermeture des magasins, un horaire de train, les lampadaires trop tôt allumés. Vous êtes si absorbé par cette bonne nouvelle, si ravi de l'approche perceptible des beaux jours, que vous ne remarquez pas qu'au-dessus de vous, en trois minutes, le ciel se couvre, et brutalement, sans crier gare, il pleut. Il pleut avec une vivacité comique, un déluge presque enfantin au son rapide et joyeux. Et pour ce qui paraît un galop d'essai, comme un feu d'artifice lancé en plein jour, la largeur d'une rue suffit : à trois pas de là, le pavé est sec. Vous courez vous abriter sous un porche ou l'auvent d'une boutique, vous vous serrez à plusieurs dans l'embrasure d'une porte. Et, preuve que nul n'en veut à cette pluie, les cheveux dégoulinants, on se regarde en souriant. Ce n'est pas la pluie, mais une partie de cache-cache, un jeu du chat et de la souris. D'ailleurs, le temps de reprendre son souffle et le ciel a retrouvé son humeur bleutée. Une éclaircie, vous avez déjà pardonné.

Grand-mère jugeait ces pluies ineptes. Pour elle, il devait pleuvoir une fois pour toutes et qu'on n'en parle plus. On lui confiait la responsabilité du régime des pluies, elle bloquait huit jours dans l'année pour y faire tomber la quantité d'eau étalée sur douze mois et partageait le reste entre saison chaude (pas trop) et froide (pas trop non plus). Au lieu que là, disait-elle, cette douche écossaise à la mode de Bretagne, on n'en sortait jamais. Elle pestait après le mauvais temps comme après tout ce qui allait mal. Elle si ferme sur les principes jurait vingt fois par jour des « nom de nom » – nom de qui, on ne savait pas – qui résonnaient lourds de menace et de sous-entendu. Au-delà d'une simple invective, ils paraissaient remettre en cause l'ordre même du monde et, si elle ne nommait pas le coupable, c'est qu'il n'était sans doute pas bien loin.

Son mariage avec grand-père avait été sinon imposé du moins arrangé par leurs parents – union triomphante de commerçants prospères qui lançaient sur leur descendance une OPA radieuse. L'affaire devait tourner court, emportée par la tourmente du siècle, mais, dans l'euphorie de leur magasin de vêtements, Au bonheur des dames, rien n'interdisait d'y croire, et les promis, pour ne pas contrarier l'avenir, avaient fait en sorte de s'aimer. Non que l'amour soit si important : après trente ou quarante ans, tout le monde se retrouve au même point. Mais cette impression désagréable de n'avoir pas été maître de son destin : on ne se convainc pas facilement qu'autrement n'eût rien changé, on ne retient que l'éventualité d'un meilleur gaspillé et enfui. On ne retient que l'intolérable.

Son mariage avait été une date à ce point capitale dans la vie de grand-mère qu'il marquait une sorte d'année zéro, la borne d'où se détermine l'avant et l'après, comme la naissance du Christ ou la fondation de Rome. Quand on s'interrogeait sur son âge (en général, pour s'émerveiller de sa longévité et de son exceptionnelle vigueur), il y avait toujours quelqu'un pour présenter la solution comme simple : il suffisait de se rappeler qu'elle s'était mariée à vingt-cinq ans en 1912 – comme si, mieux que sa naissance, cette date marquait une ligne de partage d'où découlaient toutes les formes du temps. Il fallait bien que, ce repère, elle l'eût elle-même déterminé. Qui d'autre qu'elle ? Certainement pas le témoin privilégié de cette affaire, d'un an plus jeune, notre silencieux grand-père. Mais les calculs se révélaient si compliqués quand les millésimes ne finissaient pas par 2 que l'âge de grand-mère était devenu « vingt-cinq ans en 12 », un âge fossilisé contre lequel les années ne pouvaient rien. Il s'agis-sait seulement d'estimer grosso modo, selon l'état de santé qu'on lui voyait, le temps passé depuis cette date, un temps inégal qui stagnait pendant des années quand elle nous apparaissait inchangée et soudain s'accélérait sous un signe patent de la vieillesse : une oreille paresseuse, une démarche traînante, des oublis, les mêmes histoires dix fois racontées. Mais, à part les vraiment derniers jours où elle s'ingéniait à parler bas, une main devant la bouche, pour ne pas se faire entendre de l'infirmière en chef qui selon elle se cachait derrière le radiateur mural et l'empêchait de sortir danser le soir, c'est bien une grand-mère-arrière-grand-mère de vingt-cinq ans en 12 qui s'est éteinte presque centenaire sur une dernière plaisanterie, pirouette élégante qui fit rire ses filles à travers leurs larmes.

Pour leurs noces d'or, tout le monde avait calculé juste : le compte était facile. Il avait été question d'une réunion de toute la famille, d'un banquet entrecoupé de numéros où chacun irait de sa prestation et d'une petite représentation théâtrale en prévision duquel papa et Lucie, la jeune sœur de maman, préparèrent une scène de La jalousie du barbouillé, dans une vieille édition brunie des classiques Larousse. On aurait donné un bal avec buffet, où grand-père aurait repris son violon et reformé pour la circonstance, avec ses vieux amis du conservatoire de Nantes d'où il était sorti premier prix, un quatuor flûte et cordes, mais, soit que le flûtiste eût rendu son dernier souffle, ou plus sûrement que le sens janséniste de la famille l'eût emporté sur tant de velléités, l'été s'acheva sans même qu'on ait conclu un arrangement sur la date. Les vacances des uns et des autres refusaient de coïncider. Après, ça devint vite trop tard : l'automne, les pluies, la famille dispersée, et l'année suivante, avec une once d'or en plus, on retombait dans les années impossibles à calculer. On se donna rendez-vous pour les noces futures. De quoi au juste, on ne savait trop : de platine ou de diamant, ce qui constitua un sujet de discussion (noces de coton, de porcelaine) qui dérapa sur les noces de Chiffon, puis sur celles de Figaro. Lucie en profita pour entonner de sa voix de soprano l'air de Chérubin : « Voi che sapete che cosa è amor », et tout le monde l'applaudit.

Pour les vieux mariés, ce fut sans doute un soulagement, une corvée d'évitée. L'idée du quatuor n'avait guère enthousiasmé grand-père, qui à la musique préférait de plus en plus le silence. Le violon restait maintenant dans sa boîte et, s'il pianotait encore de loin en loin, c'était par une espèce de phénomène d'aimantation, parce que passant près d'un piano il est difficile de n'en pas soulever le couvercle. Mais ses interventions étaient furtives : quelques lignes fuguées, une aria, le thème esquissé d'une sonate. Il s'arrêtait au milieu d'un arpège, demeurait sur ce sentiment d'inachevé, rêveusement, les mains à plat sur les genoux, puis replaçait avec soin l'écharpe de soie verte sur le clavier. Dans les derniers temps, il se contentait d'une seule note, comme pour prendre la mesure du silence, puis même plus de note, juste une caresse muette sur les touches d'ivoire.

Grand-mère, de son côté, s'était fâchée tout rouge quand les cousins avaient évoqué pour le jour de la cérémonie de décorer la 2 CV de voiles et de rubans et de peinturlurer à l'arrière, sur le coffre bombé, « Vive les mariés » : qu'on ne compte pas la voir participer à une telle mascarade. D'une façon générale, la 2 CV était entre grand-père et elle un sujet permanent de discorde. Non qu'elle lui reprochât sa mise modeste. Leurs finances leur interdisaient depuis longtemps les voitures plus reluisantes correspondant au temps de leur splendeur. Grand-mère acceptait en femme énergique ces mauvais coups du sort et, du moment que les principes étaient saufs, n'attachait pas d'importance à la perte des signes extérieurs qui posent le notable. Elle avait des mots cinglants pour ceux qui s'y laissaient prendre : ainsi ce pauvre garçon qui vantait la vitesse de son cabriolet de sport et qu'elle rabroua d'un « Quel dommage qu'on n'ait pas le temps de le voir ». Elle avait abandonné avec dignité leur grande maison tarabiscotée mélangeant le tuffeau, la brique et le bois, composée de rajouts successifs, de demi-paliers, de chambres donnant sur des pans de toit, pour un deux-pièces exigu et sombre dans un rez-de-chaussée d'une maisonnette de Riancé. Elle qui maudissait sur vingt générations le fabricant d'un stylo dont la plume restait sèche ne montra aucun signe d'abattement quand il lui fallut se séparer de la presque totalité de son mobilier. Dans la chambre, le piano était collé au pied du lit et constamment encombré. Ce n'était peut-être pas étranger à la désaffection de grand-père, qui devait pour l'atteindre déblayer d'abord une montagne de vêtements. Ajoutez le guéridon, une table de chevet, et toute circulation devenait impossible quand les portes de l'armoire étaient ouvertes. Ramener treize pièces en deux nécessitait une sélection cruelle, se séparer non seulement de l'entassement d'une vie mais du legs des générations antérieures : plus qu'une forme d'ascèse, un déblaiement de la mémoire.

C'est malgré tout en souvenir de ce passé que grand-mère avait tenu à conserver deux ou trois babioles, s'entêtant notamment sur une travailleuse volumineuse, de rangement médiocre, alors que pour la même surface et un profit supérieur ils pouvaient garder la jolie bibliothèque de bois roux aux vitres ovalisées. Mais cette travailleuse, c'était sa mère, sa grand-mère, elle et toutes les femmes laborieuses de la famille – une stèle. Elle distribua le reste avec un détachement que ne montra peut-être pas en la circonstance son époux. Il nous gratifia à plusieurs reprises de cette mimique boudeuse qu'on différenciait subtilement de son mutisme habituel par sa façon ostensible de ne rien dire. Non qu'il fût, lui non plus, exagérément attaché aux biens de ce monde. Ses séjours dans les cellules monacales de La Melleraye, la fréquentation des trappistes, en étaient la preuve. Et s'il restait très exigeant en matière vestimentaire, c'était à cause de son métier de tailleur : le sens de la coupe, le coup d'œil qui décèle une malfaçon, apprécie le pli d'un pantalon, les étoffes souples et légères, la qualité d'une doublure, de même que François d'Assise, peu suspect, le Poverello, de frivolité, avait demandé en fils de drapier à être inhumé dans un linceul de drap gris. Ce qui contrariait surtout grand-père, c'était d'assister à la distribution. Pourtant c'était à qui, parmi leurs filles bénéficiaires, montrerait le meilleur esprit. S'il y eut des blessures, des jalousies, des déceptions, elles furent proprement étouffées. Au contraire, on tenait à pro-

30

poser son lot aux autres avant de l'accepter. Et si l'une exprimait avec d'infinies précautions son désir pour tel ou tel bibelot, les autres s'empressaient d'assurer qu'il ne les intéressait pas. D'où pour l'avenir une accumulation de petits ressentiments qui suintaient à l'occasion d'une visite quand on apercevait chez l'autre un objet qu'on avait convoité : « Tiens, la lampe de maman rend bien sur ta commode. »

La 2 CV est une boîte crânienne de type primate : orifices oculaires du pare-brise, nasal du radiateur, visière orbitaire des pare-soleil, mâchoire prognathe du moteur, légère convexité pariétale du toit, rien n'y manque, pas même la protubérance cérébelleuse du coffre arrière. Ce domaine de pensées, grand-père en était l'arpenteur immobile et solitaire. Grand-mère s'en sentait exclue, au point de préférer marcher plutôt qu'il la conduise, du moins pour les courtes distances. Or la marche n'était pas son fort, compliquée par les séquelles d'un accouchement difficile, une déchirure, qui lui donnait cette démarche balancée. Grand-père prenant le volant d'une autre voiture, elle s'installait sans rechigner à ses côtés. Car à toutes elle trouvait du charme, sauf à la 2 CV. Pour elle, cette voiture n'était pas adaptée au climat océanique. A quoi rimait ce toit de toile qu'on détache pour découvrir le ciel si le beau temps n'est pas au rendez-vous ? Sans parler de ce vent qui assomme, tourbillonne et exténue son monde. Chaque tentative pour décapoter, les rares beaux jours, se heurtait d'ailleurs à des ferrures rouillées, rongées par l'air salin, indécoinçables, et une toile raidie, craquante, qui refusait de s'enrouler. D'autant qu'on n'était jamais sûr qu'il ne faudrait pas, dix kilomètres plus loin, replacer le toit en catastrophe. Grand-mère n'en démordait pas, ce faux air de cabriolet n'avait rien à faire au nord du 45e parallèle. Pour traverser des déserts, escalader le Hoggar, comme les jeunes gens s'y risquaient, parfait. Mais la Loire-Inférieure, là, c'était une autre histoire.

L'inadaptation à la pluie constituait le grief principal. Quand l'eau s'infiltrait, la troisième source de fuites après le toit et les portières provenait du système rudimentaire d'aération, une simple grille à maille serrée, large de trois doigts, sous le pare-brise, recouverte d'un volet modulable qui n'assurait que partiellement l'étanchéité – et d'autant moins que les joints de caoutchouc étaient brûlés. Déjà par temps sec, l'air qui sifflait à travers le grillage suffisait à agacer grand-mère. Comment garder son calme face à ce crachotement incessant ? Elle accueillait les premières gouttelettes avec des soupirs entendus (entendez : la preuve du bien-fondé de ses théories) et s'agitait sur son siège comme si elle cherchait à les esquiver sans vouloir ennuyer personne avec ses malheurs. Puis, devant l'impassibilité de grand-père, elle entreprenait de colmater les brèches à l'aide de vieux chiffons qui traînaient dans la « boîte à gants » (une tablette sous le tableau de bord). S'en emparait du bout des doigts, se plaignait de leur saleté (ils servaient indifféremment à essuyer la jauge d'huile, le pare-brise et même, un coin présentable, à astiquer la pointe des souliers de grand-père), les roulait, tentait de les coincer contre la vitre, mais ils tombaient à la première secousse. Quelques « nom de nom » et elle recommençait, épongeait, n'arrêtait pas de tout le voyage. Grand-père demeurait imperturbable.

Comme il roulait au ralenti, les essuie-glaces couplés au moteur se déplaçaient à la vitesse de limaçons baveux, par soubresauts millimétriques, parfois se bloquaient, marquaient une pause, et il fallait donner du poing sur la vitre pour qu'ils reprennent en demi-cercle leur lente marche avant-arrière. Ils dessinaient sur le pare-brise des éventails crasseux qui produisaient l'effet inverse de celui qu'on attendait. Irritée que nul autre qu'elle ne prît la mesure du danger, grand-mère passait sur la paroi intérieure du pare-brise une main inquiète qui, partant d'un centre à hauteur de ses yeux, décrivait des cercles de plus en plus vastes, de plus en plus aplatis, s'aventurant timidement du côté du chauffeur, juste assez pour qu'il perçoive une différence – et, par la trouée ainsi obtenue à travers la fine couche de buée, par cette vue directe sur l'état du pare-brise, il apparaissait clairement qu'on ne voyait rien. Puisque la faute en incombait aux essuie-glaces, grand-mère se saisissait de la poignée qui les commandait manuellement de l'intérieur, la tournait dans tous les sens, les houspillait, et cet empressement des balais, ce changement brutal d'allure, cette raideur accélérée, c'était comme un film muet : on imaginait deux ouvriers vaquant paresseusement à leur besogne, deux plongeurs lavant nonchalamment une pile d'assiettes, qui s'activaient soudain à l'arrivée d'un contremaître tyrannique. Mais le résultat était à l'image de cette vaisselle : un magma gélatineux, tartiné en demi-lunes, inter-

34

disait désormais toute visibilité. Alors, rageuse-
ment, elle soulevait le battant inférieur de la vitre
de la portière qui ne manquait pas de lui retomber
sur le coude, passait le bras à l'extérieur, et, munie
du chiffon, dégageait devant elle une pastille de
lumière. Cette apparition de la route en ligne de
fuite, des arbres du bas-côté, des pointes laiteuses
de l'averse sur le bitume, c'était la révélation d'un
monde gigogne dans lequel s'enchâssait le monde
clos de la 2 CV. Si grand-mère n'avait pas le bras
assez long pour nettoyer la totalité du pare-brise,
du moins par son hublot de propreté s'autorisait-
elle maintenant à recommander au pilote de tenir
sa droite, criant « Attention » au croisement d'un
énorme camion dont le souffle suffisait à donner
de la gîte au frêle esquif.

Rouler à l'aveuglette ne préoccupait pas grand-
père. Tassé sur son siège, les mains au bas du
volant, une cigarette se consumant docilement au
coin des lèvres, les passants n'apercevaient que son
chapeau. A force, l'extrémité relevée de son sourcil
avait jauni sous la nicotine. Cette blondeur insolite
au milieu de l'irrépressible envahissement de la
blancheur apparaissait comme un dernier brûlot de
jeunesse, un repli stratégique de la vie dans cette
pointe soufrée. Elle créait avec l'autre sourcil,
immaculé, une asymétrie qui faisait soupçonner sur
le vieux visage des traces d'hémiplégie, impression
accentuée par la fixité de l'œil droit mi-clos, piqué
par la fumée, qu'il clignait de temps à autre, décen-
trant sa moustache en une expression chaplinesque.
Il semblait si absorbé, lointain, qu'on pouvait le
croire assoupi : de fait, il l'était parfois, ce qui lui

valut quelques déboires, une roue au fossé, une aile arrachée. Son regard rasait la courbure supérieure du volant, se perdait dans la contemplation d'une ligne bleue imaginaire à travers des kilomètres de pensées où nous tenions évidemment peu de place. Son jardin secret, disait grand-mère. C'était avouer qu'elle craignait en s'y aventurant de ne pas s'y retrouver.

Il avait pour unique confident le portier de l'abbaye de La Melleraye, un petit moine au sourire très doux et à la langue si bien pendue que pour rien au monde – sinon un ordre de son supérieur – il n'aurait échangé sa place contre les règles de silence de ses frères. Les jours d'affluence, tel le dimanche de Pâques, il courait d'un groupe à l'autre, accueillait les nouveaux arrivants les bras écartés, serrait les mains, avait en signe de reconnaissance un petit mot pour chacun, tapotait la tête des enfants, les pressait, un peu trop fort peut-être, contre sa robe dont l'odeur de moisissure incommodait, s'inquiétait des études des plus âgés, et, si l'on se plaignait que l'un d'eux ne brillât pas spécialement en latin, eh bien, il n'était pas le préposé aux affaires latines, et à quoi bon s'acharner à l'étude d'une langue morte que quelques vieillards comme lui étaient seuls à entendre, s'assurant ainsi à bon marché la bienveillance des mauvais élèves, et il joignait les mains au ciel pour se faire pardonner son quasi-blasphème. Ce reclus volontaire s'en voulait d'aimer.

Il fallait invoquer l'heure qui tourne pour s'en dépêtrer. Mais, quel que fût le plaisir qu'il prît au commerce de ses semblables, sitôt qu'il entendait le ronronnement de la 2 CV – et l'identifiait parmi cent –, il abrégeait la conversation en cours et se précipitait à la porte pour saluer son bon monsieur Burgaud. Grand-père lui rendait visite une ou deux fois la semaine. Il en rapportait un succulent fromage de l'abbaye, à la croûte crème orangée, pâte jaune paille piquée de trous d'épingle, ferme et moelleux – qui doit appartenir au rayon des saveurs oubliées, sans qu'on s'en émeuve faute de comparaison, mais envolés du même coup mille petits satoris délicieux.

Ensemble, ils se promenaient dans la partie du parc réservée aux visiteurs (les femmes n'avaient accès qu'à la porterie où étaient exposées les réalisations de la communauté). De loin, on entendait leurs pas crisser sur le gravier des allées. Ils marchaient lentement, s'arrêtaient sur un point plus vif de discussion, puis repartaient : frêle silhouette du petit moine dans sa rude robe caramel, grand-père à peine plus grand, le corps penché en avant, les mains en contrepoids croisées derrière le dos. Ils parlaient à voix basse, aussi respectueux de la solennité du lieu sous les grands arbres multiséculaires que sous la voûte blanche de la chapelle cistercienne aux piliers de granit rose. Le moine accompagnait ses paroles d'amples effets de manche, ce qui était sa manière d'élever la voix sans bruit. Rituellement, à mi-parcours, si le temps le permettait, ils s'asseyaient sur la margelle du bassin et contemplaient en silence la surface calme de l'eau. Mais cette mesure d'éternité n'était pas du goût du portier : il aurait tout loisir à se taire, passé l'heure des visites, et, à sa façon de chasser les gravillons du bout de sa sandale, on le sentait impatient de reprendre la discussion.

Il éclata en sanglots en apprenant la mort de grand-père, un chagrin immédiat, d'enfant démuni, puis aussi subitement se ressaisit. Il essuya ses larmes avec sa large manche comme dans un poème d'adieu et pria qu'on l'excusât : « Comprenez-moi, je perds mon meilleur ami. » Les consolations d'usage et il arborait de nouveau, en se forçant un peu, son éternel sourire, cette béatitude de façade qui faisait dire aux visiteurs qu'en dépit des règles sévères du cloître ces gens-là étaient décidément les plus heureux. Manquait-il les femmes ? Au contraire, ils ne connaissaient pas leur bonheur, disaient les messieurs. « Bon débarras », concluaient plaisamment les épouses. Et, chacun ayant dit ce qu'on attendait de lui, le débat était clos.

Frère Eustache s'était étonné de n'avoir pas reçu ces derniers temps la visite de grand-père. Hors vacances, le fait était inhabituel, et ne laissait rien présager de bon. Il se rappelait qu'à sa dernière absence lui et madame Burgaud avaient passé plusieurs semaines chez leur fille cadette après le décès de son mari – quarante ans, n'est-ce pas ? et trois jeunes enfants. Il y avait moins de six mois. Dieu envoyait de terribles épreuves parfois, on avait bien du mal à le suivre dans les méandres de son amour. A son retour, monsieur Burgaud lui paraissait avoir beaucoup vieilli. Les traits accusés, le visage fermé, il ne portait plus le même intérêt à leurs discussions, répondait à côté ou ne répondait pas, souvent distrait. Cette mort d'un homme jeune qu'il aimait le tourmentait, il y revenait sans cesse. Comme s'il découvrait sur le tard que le secret de toute vie s'abreuve à cette source noire. Il s'interrogeait beaucoup sur « tout ça », et, d'un geste évasif épousant l'orbe du ciel, le petit moine englobait la chapelle, les arbres, les nuages, le bassin.

De fil en aiguille, il évoqua leurs interminables conversations et machinalement il se remit en marche, entraînant le groupe silencieux à ses côtés. De quoi parlaient-ils ensemble ? Oh, de tout, de musique bien sûr mais pas seulement, et même très peu à la vérité. Lui-même n'avait qu'une vague idée de ce qui suivait le grégorien, et, s'ils s'entendaient encore sur Bach, ils étaient loin d'être d'accord sur Wagner par exemple, qu'il trouvait, lui, assommant, sans parler de tout le tralala des livrets. Non, au vrai, si le terme n'était pas un peu abusif pour des amateurs, ils philosophaient. Monsieur Burgaud avait un esprit curieux, ouvert, trop cartésien sans doute, mais cette réserve était compensée par une extrême attention aux autres. Le monde et ses malheurs étaient le champ favori de leurs débats. Quand ils avaient établi un diagnostic, ils tâchaient d'échafauder des solutions pour un avenir meilleur. Ils avaient même – il pouvait bien le dire maintenant, il y avait prescription – adressé, après de nombreux brouillons, une lettre au président de la République en vue de la création de ce qu'ils auraient appelé les « Voitures-balais de la Charité » (une métaphore probablement empruntée au Tour de France qui n'était certainement pas du fait de grand-père, lequel ignora superbement toute sa vie qu'on s'empoignait dans les stades). Le projet prévoyait d'expédier dans les campagnes des camionnettes dont la mission était de dépanner, voire de recueillir, les indigents.

Cette révélation n'eut pas sur nous l'effet escompté. On savait, en fait, que grand-père correspondait depuis quelque temps avec les plus hautes autorités de l'Etat, signe d'un certain vieillissement, quand rien n'impressionne plus des vanités terrestres. Un original, traduisait-on, le doigt sur la tempe. Le secrétariat de l'Elysée l'avait assuré en retour que son courrier avait été transmis aux services concernés.

Frère Eustache s'était laissé convaincre par son ami. Il rougissait rétrospectivement d'une telle audace. Ah, ce monsieur Burgaud. Le petit moine hochait la tête, souriait de plus belle, levant les yeux au ciel. Il n'avait plus de chagrin. Il voyait grand-père parmi les anges.

A mesure qu'il parlait, on assistait à une sorte d'ablation qui consistait à séparer grand-père de la famille et se l'approprier. Ses remarques au détour d'une confidence : « Comment, vous ne le saviez pas ? » ou « Monsieur Burgaud ne vous l'avait pas dit ? » le renforçaient dans son rôle d'élu de cœur, celui que librement on choisit contre le groupe des figures imposées. Il en résultait que, son grand homme, nous l'avions ignoré, que lui seul l'avait reconnu, qu'en conséquence il lui revenait de monopoliser sa mémoire. En un sens, le petit moine n'avait pas tort. Grand-père avait trouvé auprès de lui une oreille attentive, un écho à ses préoccupations souterraines. Ses visites à l'abbaye avaient servi de prétexte à de salutaires échappées. On savait depuis longtemps que ses silences bourdonnaient de pensées fiévreuses. Consolation de ses derniers jours, Frère Eustache avait recueilli ce miel. Grâce lui en fût rendue. Il était juste de lui abandonner cet héritage.

Mais c'était se réserver le bon grain et nous laisser l'ivraie. A l'écart du monde et de ses tentations, Frère Eustache n'avait de la vie qu'une vision parcellaire. N'entraient dans le domaine réservé de l'abbaye que les confidences haut de gamme, les pensées généreuses, les grands élans mystiques. C'était un grand-père épuré qui pénétrait dans cette ébauche de la Jérusalem céleste. Il déposait sur le seuil son fardeau d'humanité et présentait à l'intérieur sa face divine. Car, pour le reste, nous en savions sans doute plus que le petit moine, et l'image du saint homme nécessitait quelques retouches : grand-père cachant ses bonbons pour ne pas nous en offrir ou nous octroyant aux étrennes une obole minuscule que grand-mère dans son dos devait multiplier par dix. Il ne s'était certainement pas vanté non plus auprès du moine de son escapade de l'été dernier.

Chaque été, depuis leur retraite, grand-mère et lui descendaient se reposer dans le Midi chez leur fille Lucie. Après un premier et exténuant voyage en 2 CV, parsemé de pannes répétées et d'hôtels décevants, grand-mère avait tranché définitivement en faveur du train, plus rapide et plus sûr. Lui restaient en travers de la gorge les remarques peu amènes des automobilistes sur la lenteur du véhicule et la place qu'ils devraient occuper à l'hospice ou au cimetière. C'est vrai qu'ils n'étaient plus jeunes. Ils en convenaient encore à la descente du train, déposant sur le quai quatre lourdes valises, grand-père s'épongeant le front sous son panama, grand-mère s'éventant avec le journal mal replié de la veille, fourbus, le visage souligné de fines nervures sombres contractées sous le panache fuligineux de la locomotive – et, tandis que John, le mari anglais de Lucie, empoigne les valises et les dépose sur un chariot, que le petit groupe s'éloigne du pas

méticuleux des vieux parents vers le ciel impecca-
blement bleu de la sortie, on débat, au vu de leur
fatigue, s'il ne serait pas mieux de passer par Lyon
en dépit d'un changement et de trois heures
d'attente, plutôt que par Bordeaux en ligne directe
avec ses innombrables arrêts. Mais pour grand-
mère c'est du pareil au même, qui ne comprend
pas qu'on n'ait pas encore dynamité le Massif cen-
tral et coupé tout droit. Elle se promet, la prochaine
fois, d'emporter un petit vaporisateur de poche
pour s'humecter le visage et lutter contre la sensation de voyager dans ce qu'il lui faut bien appeler
un wagon à bestiaux. Ces odeurs de nourriture (ah,
les œufs durs épluchés sous son nez) qui se mêlent
aux relents de transpiration. La chaleur ne justifie
pas tout. Développement sur le manque général
d'hygiène : certains, noms à l'appui, sentent mauvais dès le matin, et l'on sait quelques auréoles
sous les aisselles qui ne datent pas du jour même.
Mais ce qu'elle déplore par-dessus tout, c'est le
sans-gêne. Au début du voyage, leurs voisins donnent tous l'impression de sortir du château (le château sert pour elle de référence – celui de Riancé,
une des plus vieilles familles de France) : élégance
affectée, jambes croisées, main devant la bouche
pour atténuer une petite toux ridicule, civilités
exquises pour placer une valise dans le filet, et puis,
les kilomètres passant, tout le monde s'étale, se
marche dessus, prétend donner à l'autre des leçons
de politesse, le jardin à la française vire à la friche.
Elle a décidé il y a longtemps qu'on ne la surpren-
drait jamais avachie, jambes écartées et bouche
ouverte. Elle s'en tient là. Et de s'éventer de plus

belle, comme pour noyer les vestiges de cette nuit de cauchemar dans les douces senteurs de Provence.

Mister Djon, comme l'appellent les ouvriers arabes du domaine, roule lentement dans les premiers lacets des Maures, vitres baissées, l'avant-bras sur la portière. Il sent que les saveurs parfumées des collines, cette cuisine miraculeuse à ciel ouvert, dédommagent déjà le vieux couple des misères du voyage. Senteurs massives, entêtantes, d'où émergent quand on les frôle la sauge, le thym, la marjolaine, le romarin, le basilic, la menthe, odeurs de térébenthine des résineux, aigre du buis, douce-amère du figuier, troncs décortiqués des chênes-lièges, tortueux des oliviers, reflets argent des feuilles de l'yeuse, vernissés du laurier, terre ocre, schistes noirs, le ciel qui vire à l'indigo au voisinage du vert des pins, avec ce lancinant chant des cigales dont le volume envahit le creux des conversations.

Dans les boucles, la voiture retrouve l'ombre fraîche du versant nord dont profitent les hêtres et les chênes, avant de replonger à la sortie du virage dans l'écrasante lumière du Midi. Le vieux couple se laisse porter, s'incline mollement dans les courbes et commente sa gratitude d'un regard vers les sommets.

Grand-mère est assise à l'avant à côté du conducteur. Avoir un gendre anglais, c'est le signe que sa vie n'a pas été conventionnelle. Simplement, elle avait dit à sa fille : « Pour moi, ce sera Jeannot. » Elle n'a pas osé affronter le ridicule de mal prononcer un nom étranger, et à son habitude a choisi l'option radicale. Peut-être Jeannot-John l'aime-t-il pour cela, cette faiblesse d'amour-propre chez cette femme énergique. Elle est l'une des rares à dérider ses joues creuses. Elle finit donc le récit de ses tribulations sur une note comique : ce geste impudique des femmes qui l'insupporte pour faire circuler un courant d'air sous leurs dessous. Elle pince sa jupe à deux doigts, la soulève légèrement et l'agite comme pour en décoller la poussière. Succès. La gaieté à présent est suffisamment bien installée pour supporter une répétition. Elle bisse son numéro. Les mauvaises impressions du voyage s'effacent quand au bout de l'allée empierrée marquée à son entrée par deux cyprès apparaît le crépi rose de la maison. Dans l'ombre du grand acacia, son fauteuil de rotin attend grand-père. Il y passera l'été.

Il en prenait possession tôt le matin, après une courte promenade dans les collines, au milieu des parfums subtils et de la douceur de l'aube, dans le silence béni qui précède le vacarme des cigales – un périple à peine plus grand que le tour de la maison mais attentif, studieux, où chaque plant, chaque papillon recevait son nom, du moins parmi ceux qu'il identifiait dans les planches du Grand Larousse encyclopédique. Non qu'il s'intéressât à la botanique – le jardin de la maison de Riancé était un vaste fouillis –, mais il avait trouvé ce biais pour communiquer avec ses petits-enfants. Promenant l'un d'eux par la main, il pointait sa canne sur une plante, annonçait simplement « Sarriette » et retombait dans son mutisme rêveur. Par cet emploi de naturaliste, cette transmission de savoir, il lui semblait remplir son rôle d'éducateur. Inutile donc de lui en demander davantage, et surtout pas, comme le lui suggérait Lucie, d'enseigner le solfège aux petits ainsi que quelques rudiments de piano. Il faisait celui qui n'entendait pas. Beethoven sourd aux petits Mozarts.

De retour de promenade, en chemisette blanche et pantalon de toile, il s'installe dans son fauteuil.

La matinée se passe à lire le journal, ébaucher les mots croisés que Lucie termine le soir dans son lit, tracer dans la poussière, de la pointe de sa canne, une géométrie courbe dont il représente le centre, et, toujours de sa canne – une canne souple de bambou, collection de son gendre –, à bâtir de petites pyramides de feuilles sèches ou dévier le cours d'une colonne de fourmis. Son panama rabattu sur les yeux à mesure que la luminosité augmente, il regarde devant lui, répond au lointain bonjour d'un homme du domaine en soulevant son chapeau. Personne ne passe sur le chemin qui mène aux vignes et aux chênaies sans lui adresser un petit signe d'allégeance. Cette apparence de vieux Chinois impassible sous son arbre paraît exprimer aux yeux de ceux qui s'agitent une grande sagesse. Grand-père est l'axe autour duquel tourne la maisonnée. Il indique dans quelle direction se trouve Mister Djon que cherche un ouvrier parce que le tracteur est en panne. Et, si John est dans la maison, il se fait le messager, hausse la voix : « Jeannot, on vous demande, le tracteur toujours. » La fumée de sa cigarette stagne un moment, arrêtée par le bord de son chapeau, l'enveloppe d'un nimbe évanescent. Au milieu de sa rêverie, un cylindre de cendre tombe sur son pantalon de toile. Il le prélève délicatement sur la couverture cartonnée de son agenda qu'il extrait de la pochette de sa chemise (il y note entre autres choses ses découvertes botaniques) et le reverse intact dans le cendrier posé près de lui sur un rondin. Grand-mère, qui trouve un peu fort de le voir tirer tant de prestige de ne rien faire, lui apporte un panier de fèves à écosser dans l'intention qu'il serve au moins à quelque chose. Elle tricoterait, elle lui imposerait de tendre les bras pour enrouler son écheveau. Mais il se montre à certains moments d'une docilité exemplaire, pourvu qu'on n'exige pas de lui qu'il se lève, se laissant rabrouer par sa fille quand il s'oublie à catapulter un mégot mal éteint dans l'herbe jaunie, Lucie précipitant un pied ravageur sur la cigarette fautive comme saint Georges sur la gorge du dragon, lui désignant, comme si cela ne suffisait pas, les souches calcinées du côteau, résidu effroyable du drame féerique de l'été passé, quand le mur ronflant des flammes fut stoppé à moins de deux cents mètres de la maison, évoquant la nuit illuminée de milliers de braseros comme si une armée en campagne bivouaquait sur la colline, et le craquement plaintif du bois, et cette odeur de pain grillé au petit matin, ce mont de la désolation maintenant – et à l'origine peut-être une cigarette comme celle-ci. Et grand-père se repent comme s'il avait mis le feu au bûcher de Jeanne d'Arc.

Voilà, elle l'avait bien dit (grand-mère qui passe triomphe), qu'il nous ferait tous griller avec ses cigarettes, et elle reprend sa course après le minuscule Lucas, le dernier de Lucie, qui s'obstine à se promener tout nu dans le domaine et s'enfuit en hurlant chaque fois qu'on le force à enfiler le petit slip de bain bleu qu'elle tient à la main. Ils repasseront bientôt dans le même ordre si le minuscule Lucas n'a pas été rattrapé, son sexe bien trop court pour baller fiché comme une cheville, toujours hurlant, doré de la tête aux pieds. Tenté un moment de se réfugier auprès de grand-père, il incurve au dernier moment sa course en se rappelant qu'il a horreur des noms de papillons et de fleurs, ce qui lui vaut, ce refus de savoir, une sorte de disgrâce. De fait, grand-père ne prend pas parti dans le drame qu'à l'échelle de ses pleurs l'enfant signale comme une des injustices du monde. Il affecte une indifférence très orientale en somme, si l'on songe à ces moines zen qui tordent le cou des chatons pour mettre leurs disciples sur la voie du vide parfait (qu'en pense le chaton ?)

Grand-père abandonne son poste de vigie à l'heure du déjeuner et de la longue sieste qui s'ensuit, au plus fort de l'après-midi, quand l'air excédé vibrionne comme sous le chalumeau d'un lance-flammes. Il y reviendra pour la cérémonie du thé, concession britannique de grand-mère qui déroge pour l'occasion à son café au lait – tribut au changement de nom qu'elle impose à son gendre. Plus tard, à la fraîche, on dispute devant lui, sur le terre-plein balayé avec soin, d'interminables parties de boules. On lui emprunte cérémonieusement sa canne dans les litiges pour mesurer les écarts, juge-arbitre improvisé dont la seule présence incite les joueurs au bon esprit. A la tombée de la nuit, une nuée de moustiques chasse de sous son arbre notre saint Louis des boulistes.

Un matin, le fauteuil resta vide.

A mesure que la matinée avançait, ses pas ramenaient grand-mère rôder autour de l'acacia. Les premiers levés avaient signalé cette absence comme un accroc joyeux au rituel. Elle, discrètement, laissait poindre son inquiétude. « Alphonse n'est pas revenu de sa promenade ? » ou « Vous n'avez pas

50

vu mon mari ? » Elle sollicita même le minuscule Lucas dans sa panoplie du parfait naturiste, témoin privilégié toujours par monts et par vaux, mais il y vit un piège, une manœuvre, et déguerpit à toutes jambes. Grand-mère à ses trousses tentait de lui expliquer le malentendu : « C'est juste pour que tu me dises où se trouve ton grand-père », mais lui, chaton échaudé, ne voulait rien entendre : s'il ne s'agissait cette fois d'enfiler un maillot, ce devait être alors pour une leçon de choses. Les réponses des uns et des autres n'ayant rien donné, à midi le domaine était en alerte.

John avait refait sans succès le circuit habituel de son beau-père, ce tour matinal de la maison mordant à l'arrière sur la colline, parmi les chênes-lièges, longeant le cours d'eau à sec bordé de cannes-roseaux, traversant les vignes et cette semi-garrigue au sud où il puisait l'essentiel de ses connaissances botaniques. Grand-mère entrevoyait le pire. Elle imaginait grand-père pris d'un malaise étendu sans connaissance hors du chemin dont il s'était écarté à cause de ses maudites plantes, lui qui n'avait jamais su distinguer entre le persil et les fanes de carotte, mordu par un serpent, trop faible pour appeler à l'aide, ou trop loin, la jambe noircie, piqué par une de ces abeilles monstrueuses, grosses comme le doigt, qu'ils nomment ici des « bombes » et dont le dard est mortel, ou encore son diabète que personne ne prenait au sérieux, dont le traitement consistait en quelques sucrettes dans son café du matin et une flopée de bonbons dans la journée, une aggravation brutale sous l'effet de la chaleur, le sucre qui envahit le sang, les urines, grand-père dans un demi-coma dévidant le film de sa vie couché parmi les aromates, les yeux tournés vers le ciel d'un bleu vertigineux comme un appel à s'y jeter, un gouffre ascensionnel – grand-père à l'ultime minute au bras de sa fiancée de 1912 épelant le cyste, la myrte et le chardon dans une envolée de violons et de cigales.

Tous les ouvriers du domaine, d'anciens harkis pour la plupart, étaient mobilisés, chacun mettant d'autant plus de cœur à l'ouvrage que monsieur Burgaud avait eu un mot aimable pour lui. Grandmère recommandait de fouiller les buissons, sonder les citernes, emprunter les chemins abandonnés, de bien ouvrir l'œil, et, si l'on découvrait Alphonse victime d'un serpent, surtout ne pas le forcer à marcher, ce qui par une accélération de la circulation sanguine lui serait fatal. Il fallait appeler, on arriverait avec le sérum, que chacun emporte un sifflet, une trompe, un tambour, qu'il lance le chant du muezzin ou le cri des bûcherons, ainsi gagnerait-on de précieuses secondes. Elle avait découpé le terrain en quatre zones, réparti les hommes en quatre groupes. Elle dirigeait les opérations, demandant de temps en temps son avis à John qui se contentait d'approuver. Ils progresseraient déployés selon la technique de la battue. Les quelques chasseurs de sangliers, d'authentiques Hurons des Maures qui se vantaient de connaître le moindre pouce de terrain, fanfaronnaient devant grandmère : « Ne vous inquiétez pas, madame Burgaud, on vous le ramènera, votre mari. »

Ils ne ramenèrent rien du tout. A trois heures, le dernier groupe rentrait bredouille. C'était délicat en cette période d'incendie, de feux à répétition, mais, comme depuis plusieurs jours la situation était calme, le mistral tombé, on fit alors appel aux pompiers.

Les jeeps rouges et le camion des premiers secours étaient alignés en file indienne dans l'allée quand un petit homme chapeauté, vêtu de clair, passa en revue, intrigué, cet imposant déploiement. L'autocar, par une faveur spéciale au vu de son âge avancé, l'a déposé devant l'entrée marquée par les cyprès. Sa cigarette n'est consumée qu'à moitié qui pend à ses lèvres, mais, considérant la situation, il lui vient à l'idée sans plus attendre de l'écraser. A tout hasard, il enfouit le mégot dans sa poche. De sa canne de bambou, il soulève un coin de bâche qui camoufle une civière heureusement inoccupée. Il lui semble qu'on s'agite beaucoup devant la maison, où l'on a dressé la longue table des vendangeurs. Les verres vides y impriment des cachets rosés qui scintillent au soleil déclinant. A peu de distance, un groupe de volontaires entoure le capitaine des pompiers. Tous lèvent les yeux très loin vers les collines, suivant en cela le doigt de l'homme sanglé dans son épais cuir noir. De ce fait, personne ne remarque le nouvel arrivant qui se joint à eux, écoute et, profitant d'un silence, risque cette question : « Il y a le feu ? »

Il était près de sept heures. Une dizaine de bénévoles assistés du chef d'un corps d'élite venait de retrouver grand-père.

Quand il comprit que tout ce dérangement était pour lui, il s'esquiva dans la maison et s'enferma dans sa chambre. Certains qui auraient aimé apprendre pour quel motif ils avaient perdu leur après-midi jugèrent cette attitude un peu cavalière. John sentit le moment d'ouvrir une seconde bonbonne de vin rosé. Déjà on trouvait des excuses au trouble du vieil homme. On rapportait des cas semblables d'amnésie, d'individus errants ayant oublié jusqu'à leur nom : choc physique, émotionnel, ramollissement du cerveau, congestion. La famille avait hâte que tous fussent partis pour sonder ladite perte de mémoire de l'aïeul.

Lucie tambourina longtemps à la porte de sa chambre avant qu'il se décidât à ouvrir (grand-mère avait envoyé sa fille, se doutant bien qu'elle-même n'obtiendrait rien de lui). Il prétendit qu'il avait passé la journée à Hyères, notamment au jardin exotique, parce qu'après avoir épuisé les ressources du maquis il avait éprouvé le besoin d'élargir le champ de ses connaissances, s'initier à d'autres natures, aborder la flore tropicale, et à ce titre il avait vu là-bas des merveilles, décrivit le banian aux racines aériennes, le gigantesque séquoïa de Californie, du nom d'un célèbre chef indien, le flamboyant à la couronne – comme son nom l'indique – de feu, énuméra la longue liste des curiosités botaniques du jardin, et, craignant peut-être d'en faire trop, eut un mouvement d'humeur : enfin quoi, il n'était pas interdit de se promener. Sur quoi tout le monde était d'accord, simplement, la prochaine fois, on lui demandait de prévenir. Ou alors, se demanda-t-on, avait-il quelque chose à cacher ? Et dans ce cas, quoi d'autre qu'une femme ? Une femme, c'est-à-dire, dans le langage codé de notre pensée, une intrigante, certainement parée de tous

les charmes, au lieu que grand-mère y ressemblait
si peu : sans doute désirable dans sa prime jeunesse
puisque la fraîcheur a toujours partie liée à la grâce,
mais jamais jolie, même sur les plus anciens clichés
– et cette vieille squaw maintenant, sa démarche
déhanchée, cette face flétrie, ce corps aux formes
sans forme qu'elle dissimulait sous une robe vague
à dessein. Il fallait des trésors d'imagination pour
y nicher de l'amour – tandis que cette autre là-bas,
à Hyères, plus jeune sans doute ou avec ce quelque
chose d'impérissable, une cheville fine par exemple
contre laquelle souvent le temps ne peut rien, cette
jeunesse intacte parfois aux pieds des vieilles
dames, cet osselet précieusement préservé de peau
tendue sur lequel, par un effet de synecdoque, il
suffirait de capitaliser la somme des désirs, religieu-
sement, hypnotiquement, pour qu'il devienne possible d'aimer la même femme toute une vie. Mais
les chevilles épaisses de grand-mère tombent droit
dans la chaussure, toujours emmaillotées, même par
cette canicule, de bas-mousse gris souris aux nuan-
ces violacées, parce qu'elle redoute le blanc de ses
jambes, l'immaculé laiteux de son corps, comme
ces animaux aveugles et livides des plus profondes
cavernes où ne pénètre jamais le jour. Comment
lutter contre la femme-mystère d'Hyères à la silhouette éprouvée par un demi-siècle de bains de
mer ?

La réponse attendit le lendemain que grand-mère
eût fouillé les poches de sa veste. Le héros de la
veille avait repris sa place sous l'acacia, comme si
de rien n'était, à ce détail près qu'il aurait bien
réclamé qu'on débarrassât son champ de vision de

la table des vendangeurs, mais il estimait sans doute qu'il valait mieux se faire oublier et, sans rien dire, il se contenta de décaler son fauteuil. Les vignes et la chênaie étaient l'objet de soins attentifs, à en juger par le passage sur le chemin. Il répondait au salut de chacun, apparemment peu gêné que l'on s'inquiétât avec des sourires en coin de sa santé. La plupart avaient participé aux recherches et ne semblaient pas lui en tenir rigueur. Monsieur Burgaud avait retrouvé son poste de vigie, la vie reprenait son cours paisible et lui le fil de ses rêveries singulières.

Avant toute chose, grand-mère ne voulait pas qu'on pensât qu'il était dans ses habitudes de faire les poches de son mari. Ce n'était pas son genre. Mais il fallait considérer les circonstances et, là, ces soi-disant aveux abracadabrants, il y avait de quoi nourrir des soupçons. Des soupçons entièrement justifiés d'ailleurs : elle montrait à Lucie un petit rectangle de carton rose, un billet portant date et destination et dénonçant sans discussion le fugueur, un aller-retour pour – et plutôt que de prononcer l'à peine prononçable elle le donna à lire – l'île du Levant : le paradis des naturistes.

Elle était si souvent montrée du rivage, l'île mythique, l'île scandaleuse, la troisième à l'est de Porquerolles et Port-Cros, si secrètement convoitée, qu'on ne s'estimait pas en droit de jeter la pierre à grand-père. Et même, la nouvelle ravissait. On admirait son courage. De lui, rien n'aurait dû nous surprendre : son indépendance d'esprit, ses virées solitaires, cette façon lasse de véhiculer les siens. Ne devait-il y en avoir qu'un à faire le voyage, ce ne pouvait être que lui. On l'imaginait en inspection sur l'île, l'air vaguement précieux, détaché, tirant sur sa cigarettetandis qu'il engloutissait de ses yeux plissés la nudité des femmes, les seins multiformes, le frémissement des chairs, humant les peaux dorées parfumées de crème solaire, et sur le bateau du retour, comme l'île s'éloigne, apprenant par cœur les sornettes qu'il se préparait à nous servir : racines aériennes, couronne de feu – là, oui, on le trouvait culotté. Mais cette fugue laissait rêveur. Comme si le vieil homme recevait tacitement procuration pour profiter de son solde de vie. Sur sa lancée, on le voyait même, si d'aventure il survivait à grand-mère, se remarier comme son ami des années d'apprentissage à Paris quand tous deux, vingt ans et sans le sou, assuraient la claque pour assister gratuitement aux concerts, lequel ami, après un rapide veuvage, venait de convoler en secondes et tardives noces avec une annoncée jeunette de tout de même cinquante ans, mais de quoi donner des idées à un grand-père brutalement relevé de son engagement de 1912.

Grand-mère ne voulait pas d'histoire. Elle recommanda à tous de ne pas ébruiter l'affaire, de taire ce que nous savions au principal intéressé. De fait, à moins d'une année de là, comme pour lui donner raison de n'avoir pas tardé à réaliser son vieux rêve de Cythère, grand-père mourait, persuadé d'emporter son secret avec lui – un soir, le cœur donc, dans leur petite chambre si encombrée qu'il fallut déménager le piano pour faire entrer le cercueil – mais le cœur, bien sûr.

II

Pour la petite tante, ç'avait été l'enfance de l'art. On retira les perfusions de ses bras squelettiques posés sagement sur les draps le long de son corps momifié, on arracha le tuyau d'alimentation de son nez, et son cœur vaillant ne se fit pas prier. En trois secondes, l'affaire – la grande – était réglée. Sa petite tête blanche se couchait sur le côté.

Dans des circonstances analogues, on assiste parfois à un miracle d'opiniâtreté, l'organisme, contre toute attente, s'aventure seul dans un périlleux exercice de survie, des années quelquefois avant de capituler – jusqu'à vingt ans, cela s'est vu, d'une vie végétative qui se réfugie dans les phanères : ongles et cheveux. Cette obstination eût au fond été dans la nature de la tante, de même qu'on l'avait vu s'échiner des heures à traiter par l'arithmétique un problème d'algèbre qui se résolvait plus simplement en une suite d'équations bien posées, mais il y allait de son honneur de vieille institutrice, ne pas s'en laisser conter par ces jeunes esprits outrecuidants qui, parce qu'ils étaient maintenant au collège, avaient la prétention de lui en imposer. C'est sans doute à sa ténacité qu'elle devait déjà d'avoir tenu ce coma de trois semaines.

61

Elle était tante Marie pour toute la commune, variante locale du petit père des peuples. Le curé de Random, dont elle avait été l'auxiliaire empressée, commença ainsi son oraison funèbre : « Notre tante Marie nous a quittés. » Ce ton à la Bossuet nous agaça un peu : le chagrin n'était quand même pas identique pour tout le monde. Au vrai, elle n'avait jamais eu que deux neveux : papa et son cousin Rémi, les fils respectifs de ses frères Pierre et Emile. C'est Pierre qui avait fait construire pour elle, sans se soucier du cadastre et des autorisations administratives, la petite maison de plain-pied qu'elle habitait dans notre jardin. Il avait pris cette décision pour soustraire sa sœur aux vexations que lui infligeaient les sévères religieuses chez qui elle logeait en sa qualité d'institutrice. Mais c'était aussi une manière, après les ravages de la Grande Guerre, de reformer une phalange familiale réduite.

Si elle en avait jamais eu l'intention, il était désormais peu probable qu'elle fondât maintenant un foyer : les hommes rescapés du massacre ne trouvaient pas grâce à ses yeux – ou elle aux leurs. Ce petit ermitage composé de deux pièces était le reflet exact de sa vie de béguine : cuisine rudimentaire (sa seule spécialité fut une sauce blanche, collante et grumeleuse, mais d'ordinaire trois ou quatre noix suffisaient à nourrir son corps jivaro) et une chambre guère plus vaste meublée d'un lit, d'une commode, d'une armoire, d'un bureau d'orme clair surmonté d'une bibliothèque vitrée où elle rangeait ses manuels scolaires et quelques ouvrages pieux, et d'un prie-Dieu, maigres biens sans valeur qu'emporta à sa mort un brocanteur convoqué par Rémi.

Les murs blancs, nus, accentuaient l'atmosphère piétiste du lieu. Y était accroché ce qui constituait, dans l'esprit de la tante, sa Trinité théologique : un crucifix, derrière la tête duquel était glissée une branche de buis bénit du dimanche des Rameaux, renouvelée tous les ans (le buis du jardin fournissait tout le bourg, ce dont nous n'étions pas peu fiers), et, se faisant face, deux gravures imposantes de Notre-Dame de Lourdes et de sainte Thérèse de Lisieux.

A l'occasion du centenaire des apparitions de Lourdes avait été organisé un grand concours international (pèlerinage de huit jours offert au vainqueur) que la petite tante avait gagné haut la main : elle était incollable sur le débit du gave de Pau, le volume de la grotte de Massabielle et la couleur des yeux de Bernadette. Elle avait rapporté de son voyage ce portrait de la Vierge, comme un prix d'excellence où étaient calligraphiés son nom et son rang : première sur des millions de participants – comme un sauf-conduit sur la voie céleste.

Dans l'angle inférieur gauche, la petite bergère est agenouillée près de la source, étalant dans l'herbe ses jupes misérables, la tête couverte d'un capulet, un chapelet emprisonné dans ses mains jointes. Elle lève son visage lumineux vers la longue dame blanche, nimbée d'une poussière d'argent, qui lui sourit du haut de son rocher, élégante comme un mannequin de haute couture, la taille marquée d'une soyeuse écharpe bleue dont les pans épousent en tombant la ligne de la cuisse. Car, malgré son apparence éthérée, cette Immaculée Conception cache sous la tunique un corps plein de grâce. Il suffit pour s'en convaincre de partir des pieds nus qui dépassent de l'ourlet (l'inclinaison légère du rocher fournit un effet de talon), de remonter les jambes élancées, les hanches étroites, le buste plat (Notre-Dame de Lourdes n'allaite pas), d'effleurer le long col du cygne et d'émerger par la source claire de ses yeux qui portent sur l'enfant extasié un regard de pur amour. Mystère de l'incarnation. Ceci est son corps. Notre-Dame de Lourdes est la plus belle des Vierges, du moins parmi celles qui pullulent comme des apparitions dans les yeux des petits paysans, donnant de si jolis noms aux lieux – Notre-Dame du Bon-Secours, de Toutes-Aides, de la Peinière, de la Salette, lesquelles ont depuis longtemps coupé le cordon qui les reliait à la Vierge-fille-mère, cette jeune femme de Galilée aux amours de colombe.

La gloire de Lourdes pâlit un peu devant la montée en puissance de celle qui lui fait face dans son cadre noir et doré : Thérèse, la toute fraîche canonisée. Son crédit est immense depuis qu'elle a sauvé la cathédrale de Lisieux des bombardements de 1944 – l'église seule debout parmi les ruines, comme une prémonition de la bombe à neutrons, laquelle eût également épargné les maisons aux alentours, mais, pour l'époque, ce n'est déjà pas si mal.

Sur les photos, la fille de monsieur Martin a la bouille ronde et normande, des joues à cidre. Mais l'artiste sulpicien, qui a le sens de l'universel, a gommé ces particularismes locaux au profit d'une jolie chose en sucre qui étreint dans ses bras, comme un champion cycliste, son légendaire buisson de roses. Derrière la tête encapuchonnée de la coiffe des carmélites, une auréole à l'or mat forme un cercle parfait dont le centre se situe au milieu du front. La sainte est cadrée en plan américain – l'artiste a coupé à mi-corps, on devine qu'il se méfie des pieds. On peut donner à un visage le bon Dieu sans confession, allonger la ligne, aplatir les seins, raboter les hanches, mais l'érotisme du coude-pied n'est pas maîtrisable. Ainsi liftée, bien rétablie de sa phtisie, la petite sœur de l'enfant Jésus est en mesure d'accomplir ses miracles.

La tante conserve un minuscule carré de tissu, de cinq millimètres de côté, qui a touché les vêtements de la sainte. Munie de ce viatique, elle s'est promis de venir à bout de toutes les vilaines fièvres. Quand l'un de nous trois est malade, elle profite du moment où maman n'est pas dans la chambre pour nous faire embrasser son morceau de toile et nous éponger le front avec, recueillant une microgoutte de sueur qui est censée concentrer l'esprit du mal. Zizou, la plus jeune, s'en moque, Nine, la plus âgée, s'en offusque, mais l'état second que provoque la fièvre permet à notre guérisseuse d'agir à sa guise. Ensuite, elle va trouver maman et essaie de la convaincre de reprendre notre température. Maman lui rétorque, agacée, qu'une fièvre de quarante ne tombe pas en cinq minutes. Mais la tante insiste. Il serait tout de même incroyable qu'un quasi-morceau de la garde-robe de Thérèse soit moins efficace que l'aspirine.

La sainte de Lisieux étouffe les anciennes gloires,

les piliers de sacristie, non pas certes les austères, Thérèse d'Avila, Jean de la Croix, Catherine de Sienne, Dominique, tous ces chercheurs de lumière au fond de l'âme obscure, mais les saints à usage domestique, ceux dont l'efficacité a pourtant été maintes fois vérifiée : Corneille, Christophe, Antoine de Padoue, Barbe, Eloi, Yves, Joseph et bien sûr Victor, le vénérable de la commune. La tante avait confectionné un fichier qui était une sorte de Grand Albert, ce recueil de recettes ésotériques en usage dans les campagnes. Tous les bienheureux, les futurs canonisés, y étaient répertoriés, les images pieuses classées, avec une préface-catalogue où tous les symptômes dressaient par ordre alphabétique une liste terrifiante qui invitait à se reporter au saint spécialiste du cas à traiter. Le travail de toute une vie.

Hors classement, le Sacré-Cœur offrait au monde son cœur glorieux extrait sans plaie de sa poitrine à la manière des chamans philippins. Le Seigneur écarte sa chemise pour donner à voir, avec l'audace pudique d'une jeune fille découvrant son sein, cette croix plantée entre les oreillettes prolongeant jusqu'à la fin des temps les souffrances de la Passion. A voir son teint poudré, sa coiffure Louis XIII, le Vendredi noir semble bien lointain. La prière au dos de l'image promet à qui la lit quelques milliers de jours d'indulgence. Car le Sacré-Cœur se préoccupe d'abord du salut de l'âme. Pour les problèmes concrets, « Intestins » (douleurs) renvoyait à saint Mamert, « Glaucome » à saint Clair, « Cécité » à sainte Lucie, « Frelons » à saint Friard, « Pirates saxons » (touristes, peut-être) à saint Similien, « Loup » (rencontre avec un) à saint François, « Justice » à saint Yves, « Nourrissons » à sainte Nonne, « Orphelins » au père Brottier, « Frères » (bonne entente entre) à saint Donatien et saint Rogatien, « Mariage » à sainte Barbe et « Sécheresse » à saint Vio, lequel en Loire-Inférieure n'avait généralement pas à se faire prier longtemps. A la rubrique « Cochon » on croisait bien sûr le grand saint Antoine et ses tentations mais aussi un certain saint Gourin. Dans une forêt profonde de la vieille Armorique, cet ermite avait lancé au sanglier qui le chargeait : « Gare goret, tu te goures de Gourin. » L'animal médusé s'était docilement couché au pied de son nouveau maître. Normalement, si un verrat se montrait un peu revêche, il était conseillé de tourner trois fois autour de sa bauge en récitant cette apostrophe. Mais dans la réalité la tante était plutôt d'avis d'en faire de la chair à pâté. Il lui arrivait d'inscrire « douteux » en face d'un saint du type Gourin. Car son souci était de distinguer le merveilleux païen du message chrétien. Elle tenait à être redevable de ses miracles à la seule Eglise catholique, apostolique et romaine, non à de quelconques avatars de Belen et Gargan, les soi-disant dieux celtes. Papa aimait la taquiner en répétant : « Soulevez saint Michel et vous trouverez Mercure. » Elle haussait avec dédain les épaules, mais on sentait que ces amalgames la troublaient un peu.

Venues discuter des études d'une de ses petites élèves, les mamans en profitaient pour consulter le fichier. On commençait à parler dictée, difficultés en arithmétique, on accusait de ces contre-performances des problèmes dentaires et on repartait avec une prière à saint Fiacre. En revanche, il ne fallait rien demander à saint Colomban, que certains invoquent pour donner une lueur d'intelligence aux esprits un peu lents, car la tante comptait essentiellement sur l'excellence de ses méthodes pour combler les lacunes. C'était son côté Siècle des Lumières.

Au besoin, si la prière n'opérait pas, elle ajoutait un poème de son cru :

> Saint Christophe, patron des dockers,
> Méfiez-vous en entrant dans l'eau
> Que l'enfançon sur votre dos
> Ne pèse du poids de nos misères.

Les filles de Random passées dans sa classe ont toutes appris par cœur la comptine, l'ont peut-être récitée à leurs enfants – et petits-enfants maintenant – mais en ignorant son auteur, l'attribuant sans doute à ce no man's land de la création populaire où le dicton sur le temps voisine avec un air de marelle, une sentence proverbiale avec « Saint Antoine de Padoue, vieux filou, rendez-nous ce qui n'est pas à vous ». Notre tante qui rougissait comme une communiante sous les compliments estimait sans doute que l'humilité, la vertu cardinale, ne pouvait s'accommoder des lauriers d'une gloire littéraire, fût-elle locale. Peut-être aussi la crainte d'ébrécher le dogme. La fréquentation des sœurs avait fini de la convaincre que le péché commençait à la périphérie du contentement de soi. De même qu'elle avait fait une croix sur ses amours, la maternité et la plupart des plaisirs terrestres, elle comprimait soigneusement cette région d'elle d'où sourdait le chant.

Son cahier de prières comporte d'ailleurs plusieurs versions de son Christophe. Dans l'une, il est passeur de Loire au Pèlerin où, de fait, on trouve un bac. Mais le grand fleuve ne se franchit pas aussi aisément que la mer Rouge et la petite tante se ravise : il faudrait au bon géant des échasses de vingt mètres pour ne pas s'enliser dans les fonds sablonneux. Elle fait donc de Christophe le patron des dockers (annexion régionale discrète à qui sait entendre) et reprend la vieille légende. Ce petit Jésus grimpé sur les épaules du colosse ne semblait pas attenter à son orthodoxie. A chaque nouvelle voiture de papa, elle veillait à ce qu'il fixe sur le tableau de bord le badge en bronze à l'effigie du bon géant qui lui a jusque-là si bien réussi. De fait, des centaines de milliers de kilomètres sans le moindre accrochage. La circulation n'était pas encore ce qu'elle est, mais les routes non plus. Saint Christophe est une valeur sûre.

Antoine de Padoue est attesté : né à Lisbonne, compagnon de frère François, grand voyageur, grand prédicateur, on le recense parmi les docteurs de l'Eglise. Comment avec un tel bagage s'est-il vu confier le ministère des objets perdus ? Voies du Seigneur impénétrables. Quoi qu'il en soit, rien qu'avec son aide nous n'ayons fini par retrouver : les clés de voiture de papa dans le coffre à linge, la chaîne de baptême de Nine dans le buis du jardin, les lunettes de grand-mère pendues à son cou, la fève dans la galette des rois, le voyou qui fractura les troncs de l'église, qui avait sept ans, qui jura de

69

ne pas recommencer et qui recommença, le chemin quand nous étions perdus. La petite tante était gênée de devoir traiter une telle sommité de « vieux filou ». Elle se faisait une idée plus haute de l'intercession. Aussi avait-elle composé selon ses canons une prière en forme de quatrain qui, contrairement à Christophe, ne sortit jamais de la famille :

Saint Antoine de Padoue
Quand devant vous je me prosterne
Abaissez votre lanterne
Que je retrouve mon petit sou.

Grâce à quoi on imaginait Diogène arpentant les rues d'Athènes son falot à la main, en quête soi-disant d'un homme, mais cherchant en réalité à retrouver quelques pièces de monnaie égarées la veille au soir, tandis qu'il roulait ivre-mort dans le caniveau. Du coup, l'image du clochard souverain n'impressionnait plus du tout : Diogène était près de ses sous, voilà tout.

Que pouvait-il nous arriver de fâcheux ? Un cierge allumé devant l'autel préparait la réussite aux examens, saint Joseph veillait sur la famille, Christophe sur la voiture, Thérèse sur la santé, Victor établissait au-dessus de la commune un microclimat de la grâce et la Vierge, omnipotente dans ses multiples incarnations, assurait un joli mois de mai, une moisson abondante, le retour des conscrits, des grossesses heureuses et dispensait mille antidotes pour se faufiler sans dommages au travers des calamités du monde. A la mort de notre Marie, on avait retrouvé, sous les différentes statues de saints qu'elle disposait dans les anfractuosités du mur du

70

jardin, ainsi qu'au dos des cadres pieux de sa chambre, des dizaines de petits papiers pliés. Sur chacun d'eux une demande, un vœu à exaucer. Non pour elle, mais pour le petit monde des siens. Que J. n'ait pas d'accidents, que les affaires du magasin reprennent, que N. réussisse sa troisième, que X. retrouve un travail, Y. la santé, et que l'agonie de Z. soit douce et illuminée par la certitude de la Résurrection. Si l'intercession n'avait rien donné, le saint était mis en quarantaine, la statue retournée face au mur comme au coin un mauvais élève. Le lendemain de la mort de papa, saint Joseph, un robuste charpentier d'albâtre qui portait son enfant d'un seul bras, contemplait ainsi le fond de sa niche. Cette faillite décisive indiquait peut-être que le temps des miracles était à jamais passé. Mais elle pensait, elle, qu'elle était seule fautive. Elle s'en voulait d'avoir oublié d'invoquer ce saint spécial qui empêche qu'un caillot de sang s'intercale entre le cœur et le cerveau. Comment penser, aussi, qu'à quarante ans l'âme puisse aussi bêtement bouchonner ?

Tante Marie, qui es, nous l'espérons, dans le saint des saints, aie pitié de nous qui avons dû passer nos examens sans tes cierges, affronter la vie sans tes prières, et suivons ce parcours du combattant démuni, bras ballants, sans la force ni l'exemple de ton neveu, notre père (cent ans d'indulgence).

Dès qu'aux mois froids succédait un peu de douceur, elle gardait la porte de sa maison ouverte pour laisser entrer la lumière ou entendre tomber la pluie. Le matin, rituellement, elle déposait sur le seuil les miettes de pain de son petit déjeuner. Tous les oiseaux étaient en principe conviés au festin, mais le rouge-gorge veillait de son poirier, qui empêchait moineaux et mésanges de s'approcher, leur concédant seulement ses restes. Sa petite gorge rouge palpitait de colère quand un intrus faisait mine de se présenter. Sautillant sur la margelle de ciment finement alvéolée, il prenait son repas en toute quiétude, sûr de sa force. « Mon rouge-gorge », disait-elle – un possessif inhabituel pour elle qui ne possédait rien (elle appelait ainsi son domicile « la maison dans le jardin de Joseph »).

Elle qui avait la tendresse rude avec les enfants et les animaux de compagnie (ce pauvre Pyrrhus, l'épagneul de Rémi, aux oreilles duquel elle agitait une clochette pour le faire taire quand il hurlait à la sirène) savait composer avec les oiseaux : pas de manifestations débordantes d'affection, simplement cette vie mitoyenne dans le silence et le respect du territoire de l'autre – même corps menu,

72

tête rentrée dans les épaules, mêmes parures passe-muraille, mêmes repas de poupée (s'il arrivait à la tante, à l'occasion d'une fête ou d'un anniversaire, d'accepter après de longues palabres de goûter à une liqueur, un dé à coudre suffisait), mêmes heures de lever et de coucher, même discrétion effarouchée. Elle racontait que son rouge-gorge s'aventurait jusque sur la table de cuisine où elle poursuivait son ouvrage sans qu'il s'en trouvât dérangé, semblant même intéressé, la tête toujours en mouvement comme s'il s'inquiétait du pourquoi du comment. Mais on devait la croire sur parole, car en notre présence il se contentait de ramasser les miettes en piqué et filait se réfugier avec son butin dans le poirier. Leur numéro à tous deux ne regardait pas les autres.

Passant dans le jardin, il suffisait de jeter un coup d'œil par la porte ouverte pour surprendre la tante dans ses activités familières, toujours assise à sa table ou à son bureau, absorbée – cette application dont elle faisait preuve dans la moindre tâche, hormis les travaux ménagers qu'elle bâclait avec l'impression de perdre son temps. Elle cousait comme elle cuisinait. Ses reprises pour réparer un accroc consistaient à rapprocher les deux bords du trou, à passer un fil et serrer bien fort, ce qui donnait de curieux plis à ses robes. Le jeudi, jour de repos des enfants, était consacré aux bulletins paroissiaux qu'elle préparait et distribuait l'après-midi, maison par maison, avec la même annonce à chaque porte : « Voilà le facteur » – puis elle ajoutait malicieusement : « Du bon Dieu », et c'était devenu une sorte de mot de passe, le récipiendaire prononçant la fin de la phrase en même temps qu'elle. Et ainsi à chaque porte, avec quelques variantes à peine de temps en temps pour ne pas lasser son auditoire. Rien ne l'obligeait aussi à plier les bulletins en quatre et les entourer d'une bande portant le nom du destinataire, sinon qu'elle tenait à donner toujours cette impression d'un courrier du ciel.

Avant de s'installer à sa table, elle enfilait à la main droite un vieux gant noir qui ne servait qu'à cette occasion, afin de ne pas se noircir les doigts sur l'encre encore fraîche quand elle écrasait les plis. Avec des gestes d'une précision méthodique, cet origami élémentaire remplissait la cuisine minuscule où elle officiait face au mur d'une atmosphère recueillie, comme si le temps s'accordait une pause tandis que les bulletins roses, verts, jaunes ou bleus selon les semaines s'empilaient sur la toile cirée par paquets de dix – au-delà, les piles s'effondraient.

Il nous prenait quelquefois l'envie de l'aider. Elle nous faisait une place et on se serrait à quatre sur les trois côtés de la table. Un œil sur sa méthode, l'autre sur notre ouvrage, on s'attachait à reproduire le plus fidèlement ses gestes, mais on avait beau s'appliquer, on n'éprouvait rien de cette transparence feutrée qui fascinait de l'extérieur. C'était comme ces jeux dans le creux des vacances dont l'idée lancée comme une bouée de sauvetage nous paraissait l'évident remède à notre ennui et qui, à peine entamés, se révélaient si loin de combler notre attente. D'ailleurs elle se méfiait de notre enthousiasme et de ses retombées, en cela modéré-

74

ment enchantée de nos offres de service – bien que flattée tout de même de l'intérêt que nous portions à son travail de bénévole, d'humble fourmi de l'universelle mission évangélique. Elle ne pouvait refuser à trois jeunes recrues de s'enrôler dans les légions du Christ. De toute façon, elle ne refusait jamais rien aux enfants de Joseph. Mais c'était, elle le savait, la promesse d'une belle pagaille.

On atteignait à peine la vingtaine de bulletins pliés que déjà un certain laisser-aller transparaissait dans nos travaux. Les quatre coins de la feuille qui devaient se superposer en un angle droit unique trahissaient progressivement un décalage. Quelques bulletins plus loin, on confectionnait presque des éventails. La tante soupirait, repassait après nous, dépliait, aplatissait de sa main gantée, reprenait, voilà, vous faites comme moi, ce n'est tout de même pas sorcier de plier en quatre une feuille de papier. Oui, oui, cette fois on avait saisi. On repartait plein de bonnes résolutions, mais l'ennui ne tardait pas à reprendre le dessus. Bientôt les coins se chevauchaient à nouveau de travers, encore un peu et revoilà les éventails. C'était la goutte d'eau quand, avec l'un d'eux particulièrement évasé, on se masquait les yeux en affectant des mines de carmencita. Là, la tante perdait son calme. Une petite colère de moineau s'ébrouant dans sa flaque. Elle nous arrachait le bulletin des mains, horrifiée, trépignait en réajustant ses lunettes à monture dorée : si c'était pour lui donner deux fois plus de travail, elle préférait se débrouiller toute seule. Elle ajoutait, dans une sorte d'aparté théâtral, assez fort cependant pour qu'on l'entende, qu'elle avait l'habitude. Et, à travers ce dernier reproche recouvrant le mystère triste de son existence, elle émettait la somme de renoncements qui lui valait cette réputation de bienheureuse. On comprenait vaguement : un regard sur son intérieur exigu, sans autre concession à l'ornement qu'au-dessus de la table un calendrier des postes, sur sa silhouette grise, voûtée, sur cette vie austère, étriquée, monotone – pendant quelques instants on se repentait, on se promettait de ne plus recommencer.

Après la séance de pliage, elle découpait des bandes de papier blanc dont elle ceinturait chaque bulletin, réalisant un bracelet plat qu'elle soudait grâce à une touche de colle blanche. Elle se servait pour étaler la pâte d'une petite spatule de plastique qui ne manquait jamais de se briser sous la pression et qu'elle remplaçait alors par des allumettes dont elle épatait l'extrémité non soufrée. Comme elle ne jetait rien, ce sont ces mêmes allumettes qui restaient collées à ses doigts et sur lesquelles elle soufflait en catastrophe après avoir enflammé le gaz.

Si elle nous avait supportés jusque-là, elle vivait alors sa pire épreuve – le gâchis de ce papier blanc qu'elle se donnait tant de mal à récupérer. Elle nous observait, inquiète, ciseaux en main, dévier vers les frises, les guirlandes et les inévitables napperons : des feuilles pliées quatre ou cinq fois, taillées, biseautées, évidées et qui, dépliées, donnent un joli effet de dentelle. Nous nous en montrions très fiers, et la pauvre tante devant qui nous exhibions nos chefs-d'œuvre s'efforçait d'acquiescer, nous dévisageant le sourire coincé à travers les trous artistiques de son beau papier.

Pour la dernière phase de l'opération, on se montrait presque utiles. Elle ouvrait un cahier où étaient répertoriés les abonnés, nous le tendait et, à tour de rôle, nous lisions lentement les longues listes de noms qu'elle recopiait de son écriture élégante de vieille institutrice, à la plume, avec pleins et déliés, s'énervant un peu quand nous allions trop vite ou que nous n'avions pas pris garde qu'en face d'Untel elle avait ajouté la mention « décédé » – abrégée en trois lettres phonétiques. La bande inutilisable lui servirait plus tard de brouillon.

Cet exercice avait sur nous un effet calmant. On plaisantait encore au passage sur deux ou trois noms un peu rigolos, toujours les mêmes, mais la lecture de ces listes rendant un écho de l'appel final nous obligeait au sérieux. Entre deux énoncés on entendait le crissement de la plume sur le papier, son tic-tic de pivert dans l'encrier, le glissement de la main sur le buvard pour assécher la ligne d'encre, un soupir de la tante. Sa tête blanche penchée de trois quarts sur l'ouvrage, elle nous incitait d'un regard à poursuivre. Ce labeur de copiste, c'était ses Très Riches Heures.

Son travail achevé, elle égouttait le reste d'encre dans l'encrier, astiquait sa plume et l'enrubannait d'un carré de tissu afin que la pointe ne s'émousse pas contre le bois du plumier.

Elle ne voulait pas entendre parler de stylo à bille, dont l'apparition avait enthousiasmé papa, au point qu'il en faisait partout l'éloge. Il y avait vu une sorte de libération, le progrès secouant une fois de plus le joug de la servitude. Fini les stylos dont l'encre coulait dans la poche intérieure de ses vestes, tachait les manchettes de ses chemises. Les représentants de commerce, ces irrigateurs de la modernité, pariaient sur l'innovation. Il avait bien essayé de convaincre sa tante que c'était l'avenir, que bientôt même ses élèves l'emploieraient, qu'on avait bien abandonné la plume d'oie au profit de la plume métallique, laquelle n'avait d'ailleurs plus rien d'une plume, qu'il fallait vivre avec son temps. Mais la petite tante, qui estimait avoir fait et bien fait le sien, était restée sourde aux arguments de son neveu. Incorruptible. Pour elle, le stylo à bille ouvrait une ère de décadence, l'abandon des pleins et des déliés et de là, elle le pressentait, des accords du participe passé et de la concordance des temps (« Après "si" jamais d'"r" »), des exceptions et des accents circonflexes (« Le chapeau de la cime est tombé dans l'abîme »), toutes ces beautés du verbe qui donnent le vertige et qu'elle enseignait à coups de formules magiques (« Je commence à m'apercevoir que le verbe apercevoir ne prend qu'un "p" »). Le stylo à bille, c'était le cheval de Troie gros des quatre cavaliers de l'Apocalypse, une sorte de Babel terminal où s'anéantiraient la langue et le monde. Car la langue était de l'ordre de la Création, c'est-à-dire du divin. Le sort de l'humanité tenait en équilibre sur la pointe d'une plume Sergent-major.

Au vrai, elle redoutait surtout qu'on n'ait plus besoin de son talent. Elle avait en catimini prolongé de cinq années l'âge couperet de la retraite, mais une médaille d'un quelconque mérite pour son demi-siècle d'enseignement avait fini par la dénicher au fond de son école des sœurs. Cette invitation jésuitique à passer la main s'était accompagnée d'une petite fête, manière de l'engager par des adieux devant témoins à ne plus reparaître. Maire, curé, vicaires, sœurs de la communauté avec permission de sortie spéciale, missionnaires en transit, notables, la presque totalité de ses anciennes élèves – trois générations, certaines déjà grand-mères, et celles qui n'avaient pu se déplacer avaient envoyé un petit mot, lu en public –, flots des souvenirs, émotion de la tante entortillant ses doigts comme une petite fille sur l'estrade plantée dans la cour de l'école où sa frêle silhouette recevait les hommages, rougissant quand un officiel lui donnait l'accolade (on entendait son baiser sonore, un claquement de ses lèvres sèches, dans les haut-parleurs), puis se lançant bravement dans une improvisation où elle bafouillait des remerciements, exprimait ses regrets de quitter le décor de toute une vie – mais il fallait bien laisser sa place aux jeunes, n'est-ce pas ? Elle n'en pensait pas un mot, évidemment, persuadée qu'après elle le déluge, c'est-à-dire les stylos à bille et les fautes d'accord – et terminait son allocution sur une note humoristique, précisant à tous les abonnés du bulletin paroissial que dès jeudi prochain ils retrouveraient leur petit facteur du bon Dieu. Voilà, elle l'avait placé. Entendez : vous ne m'avez pas encore enterrée. Mais pas une larme quand on attendait des sanglots, rien. Son petit air pincé en redescendant l'estrade, elle boudait.

Par la suite elle redoubla d'ardeur dans l'accomplissement de ses charges paroissiales, s'attirant par cet excès de zèle les réflexions moqueuses de Mathilde, la veuve de son frère Emile, laquelle prenait avec la religion des libertés qui épouvantaient notre Marie. La tante accusait le coup et attendait son heure. Elle faisait négligemment remarquer que les pétunias du jardin de sa belle-sœur, qui soignait avec passion ses parterres, étaient moins beaux et moins fournis que ceux de monsieur le curé. A quoi Mathilde répondait qu'elle ne les arrosait pas avec de l'eau bénite. La petite tante haussait les épaules en émettant un « pfft » méprisant qui s'accompagnait d'une volée de postillons, et s'éloignait en bougonnant entre les massifs de fleurs. Le contentieux entre elles remontait à loin. Mais on n'attachait guère d'importance à ces chamailleries de vieilles dames – leur numéro bien au point maintenant, siamoises et rivales, depuis qu'un même homme, le frère et l'époux, les avaient réunies. Leurs querelles empruntaient des détours de tendresses tortueux. Quand au bout de quelques heures la tante n'avait pas réapparu, Mathilde poussait jusqu'à la maisonnette proposer un reste de soupe que sinon elle jetterait, ce qui permettait à la tante, en acceptant, de faire preuve de dévouement. Une autre fois, elle lui tricotait d'autorité un châle, sous prétexte que Marie nous faisait honte avec ses guenilles sur les épaules. Et toujours les sempiternelles remarques sur la bigoterie de sa vieille compagne. Une manière de se renvoyer leurs vingt ans – comptes comparés d'affection donnée et reçue – et dans chaque dispute le reproche, maintenant noyé dans la nuit des temps, que l'autre était pour quelque chose dans le malheur qui les a frappées. Ce que disent précisément dans le langage des fleurs les pétunias.

Son temps au service de la paroisse était à ce

point rempli que la tante affectait de se demander qui après sa mort saurait reprendre le flambeau. Ce fut simple. Après sa mort, les bulletins furent déposés en pile chez le boulanger, où chacun se servait en prenant son pain. Seuls en pâtirent ceux, au loin, qui se faisaient envoyer par la poste les nouvelles paroissiales pour apprendre, parfois au bout du monde (les missions), que le 5 à 7 h 30 serait donnée une messe à la mémoire de, rappelé à Dieu il y a un an maintenant, que le 7 serait célébré le mariage du fils Ceci et de la fille Cela, ou qu'on avait à déplorer le décès survenu dans sa soixante-quinzième année du dévoué monsieur Chose – pensées, prières, requiescat in pace.

Après la mort de papa, c'est un sentiment d'abandon qui domine. Le cours des choses épousait sa pente paresseuse avec un sans-gêne barbare : jardin envahi par les herbes, allée bordée de mousses vertes, le buis qui n'est plus taillé, les dalles de la cour qui ne sont plus remplacées et où l'eau croupit, le mur de briques percé de trous, les objets en attente d'un rangement, les rafistolages dans un éternel provisoire. Plus rien ne s'opposait au lent dépérissement.

Dans les jours qui suivirent la mise en terre, Julien, le fossoyeur, rapporta à la maison trois objets de valeur qu'il avait exhumés du caveau familial : les deux alliances des parents de papa et le dentier en or de sa mère. Il déposa son trésor sur la table de la cuisine, timidement, avec l'humilité des réprouvés. C'était un ancien ouvrier agricole, le grade le plus bas dans la hiérarchie des campagnes, un loueur de ses bras qu'on couchait dans l'étable et qu'on salariait d'un couvert. Accéder au poste de fossoyeur municipal fut pour lui plus qu'une promotion inespérée, une sorte d'adoubement. Il avait été recruté sur une métaphore. Accompagnant son patron à sa dernière demeure, il aurait répondu au maire qui le sollicitait : « Les morts, c'est comme la semence, on met en terre et après, tout dépend du ciel. » Peut-être en effet est-ce parce qu'ils enterrèrent d'abord leurs morts que les premiers hommes, confiants en la résurrection, inventèrent des millénaires plus tard ce geste plein d'espérance d'enfouir des graines dans le sol. Quoi qu'il en soit, l'anecdote, rapportée, valut à Julien de la considération. On lui trouva de la profondeur, celle qui sied à la fréquentation des morts. Dans les commentaires, il se disait qu'au contact de la nature la solitude atteint fréquemment à cette dimension cosmique – et cela paraissait plus évident que d'une pomme qui tombe concevoir les lois de la gravitation universelle. La place de fossoyeur municipal étant vacante, le maire et son conseil, impressionnés par ce parangon de la sagesse populaire, l'attribuèrent spontanément au journalier philosophe sans emploi.

Les premiers temps, il crut qu'on attendait encore de lui quelques sentences. Il ne manquait jamais de placer : « Les pierres sont les os de la terre », mais, ne retrouvant pas la veine de ses débuts, il se cantonna bientôt prudemment dans son fief. Du fait de sa familiarité avec les morts, il s'accordait le privilège de ne pas baisser la voix quand il dirigeait les opérations, écrasant le murmure des visiteurs et marquant ainsi sa puissance locale. Il circulait comme un chat entre les tombes dans son ensemble bleu rapiécé, terreux, le béret rabattu en accent circonflexe sur les yeux, progressant à longues enjambées dans ses bottes de caoutchouc vert. Par temps chaud, son litre de vin baignait au frais dans un seau d'eau près du seul robinet de l'enceinte, auquel il suspendait sa veste. Il relevait un vase renversé par le vent, arrachait un brin d'herbe, ratissait la couverture de sable d'une sépulture, redressait dans l'axe un crucifix, arrangeait un bouquet de fleurs avec la délicatesse de ses mains cornées, repliées d'avoir définitivement épousé le manche de sa bêche. Petit caporal de cette armée des ombres, il aurait volontiers tiré l'oreille de ses morts, n'était le risque qu'elle lui restât entre les doigts.

Son jour de gloire était la Toussaint. Il organisait à son compte la vente des chrysanthèmes en pot, qu'il disposait sur un étal composé de trois planches sur deux tréteaux devant la grille d'entrée du cimetière. Aidé de son fils Yvon, qui n'était d'ailleurs pas le sien, il jouait volontiers les hommes d'affaires. Dès qu'il avait trois clients, il passait de l'un à l'autre dans le style du valet de comédie, toujours courbé, relevant sans cesse du pouce son béret sur le haut du crâne en homme débordé qui ne s'accorde pas le temps de souffler. C'était aussi une manière de s'aérer l'esprit, de lui offrir un délai de réflexion dans la conclusion d'une transaction, car il avait un peu de mal avec les chiffres. Pour faciliter l'opération, il arrondissait tous ses prix au zéro, si bien que selon les années il était plus avantageux d'acheter des trois-têtes ou des quatre-têtes. Il tirait de la poche arrière de son pantalon, dont l'entrejambe lui tombait aux genoux, un épais portefeuille en cuir dans lequel il glissait ses billets avec l'assurance d'un maquignon. Yvon se contentait d'un fac-similé en carton, une boîte à sucre Chantenay vide, pliée et repliée de manière à former deux pochettes, l'une pour les billets, l'autre pour les pièces. Mathilde, chez qui il jardinait quelques heures par semaine, lui avait offert un ancien portefeuille de son fils Rémi, bien ciré, remis à neuf, mais, la fois suivante, au moment d'empocher son salaire, il ressortait son astucieux pliage, qu'il présentait comme un modèle d'invention et la preuve d'un cerveau habile. De fait, il était plus proche de l'homo habilis que du sapiens sapiens : on ne savait s'il était le fils de son oncle ou de son grand-père, mais cet héritage pharaonique avait incontestablement laissé des traces. Son père adoptif l'envoyait livrer les pots de chrysanthèmes qui n'étaient pas destinés au cimetière de Random. Yvon chargeait un cageot qu'il arrimait tant bien que mal sur son porte-bagages, enfourchait sa bicyclette, retournait sa casquette, visière sur la nuque, et dévalait le bourg à toute allure en criant : « Vas-y Bobet. »

Tout le monde se moquait de lui. Enfant, il était déjà le souffre-douleur de ses camarades d'école, dont le grand jeu consistait, à la sortie, à le coincer au pied de la vieille tour d'Enfer, vestige branlant d'une enceinte médiévale, et à lui lancer des pierres. En classe, sous la surveillance du maître, il bénéficiait d'une relative amnistie, même s'il était régulièrement proposé en contre-exemple. Et les récréations ne se passaient pas trop mal non plus, sauf s'il pleuvait : chacun s'ingéniait alors à donner des coups de pied dans l'eau boueuse des flaques pour l'en asperger. Son vrai calvaire débutait au moment de la ruée sauvage de cinq heures. Il prenait position à la base de la tour et attendait que la lapidation commence, s'abritant derrière son cartable qu'il relevait comme un bouclier à hauteur de son visage. Les pierres pleuvaient, s'abattaient avec un bruit mat sur sa pauvre défense. Entre deux esquives, il trouvait quand même le courage de faire front, d'insulter ses assaillants. Son juron favori était, en patois, une sorte d'onomatopée qui lui tenait lieu de surnom quand les choses tournaient mal pour lui. Parfois une pierre l'atteignait à la jambe et on le voyait se mettre à danser comme un Indien. D'autres fois, il s'écroulait en poussant des hurlements qui, au lieu d'attendrir ses agresseurs, provoquaient l'hilarité générale. Il ne se trouvait personne pour détourner la foudre de ce paratonnerre idéal.

Sur un aussi bon sujet, le malheur ne se priva pas de déployer ses inépuisables ressources. A quinze ans, il voyait déjà grimper des lézards au mur et tout le bestiaire fantastique du delirium tremens, sans oublier les rats bien réels qui couraient sous son lit. A la mort de Julien, on ne trouva pas un drap propre dans la maison au sol de terre battue. Yvon prit sa succession. Il se rengorgea un peu. Les femmes qui le croisaient le jugeaient vicieux parce qu'il avait porté sur elles un regard qu'elles qualifiaient de sournois et qui était surtout plein de convoitise. Pauvre Yvon que toutes fuyaient. On l'a retrouvé mort dans un fossé, cirrhosé au dernier degré, couché près de son vélo – le compagnon fidèle de sa vie –, renversé par une voiture sans doute, pour achever le travail commencé à la sortie de l'école. Les gendarmes classèrent vite l'affaire et il ne se trouva personne pour protester. Chacun s'accordait à penser que cette fin était la meilleure chose qui pût lui arriver. Yvon, mort à vingt-neuf ans, plus seul qu'un chien – vie lapidaire.

Il accompagnait son père quand Julien apporta le dentier en or d'Aline et les deux alliances. Debout dans l'entrée de la cuisine après avoir déposé leur butin sur la table et s'être reculés d'un pas, ils attendaient un petit quelque chose en plus du remerciement. Maman glissa une pièce à chacun. Une plus conséquente pour le père et de quoi s'acheter des friandises – c'est elle qui précisa – pour Yvon. Comme ils paraissaient ne pas vouloir bouger tous les deux, elle s'avisa qu'elle oubliait l'essentiel. Elle s'excusa mais elle avait la tête ailleurs, et ses yeux exténués de chagrin hésitèrent un moment, frêles miroirs d'eau en équilibre. Julien, embarrassé, balbutia ce qui devait être des condoléances, une formule rodée à travers laquelle il s'essayait à une distinction au-dessus de ses moyens, puis esquissa le moment de s'en aller. Maman insista. Il prendrait bien un verre de vin. Il hésita pour la forme, ne voulait pas déranger davantage, mais après tout ne disait pas non. Et pour son garçon ? Oh, la même chose, il avait l'habitude, ce n'était pas un verre de vin qui lui faisait peur. Et à sa façon d'acquiescer, sa mèche grasse collée sur le front, on voyait que de fait Yvon n'avait pas peur. Maman, effrayée, lui proposa malgré tout le sirop de menthe que buvaient les enfants. Est-ce qu'il n'aimerait pas mieux ? Yvon rougissait, gardait la tête baissée sans répondre. Non, non, pas de complication, comme son père – dit le père.

Au vrai, ce ne fut pas compliqué : sirop de menthe pour tout le monde. Maman s'avisait trop tard qu'elle n'avait pas de vin à demeure, une famille de buveurs d'eau : le vin, on l'achetait aux grandes occasions, pour les invités.

Quand maman versa l'eau sur la menthe, Julien l'arrêta comme si on allait noyer son pastis. La chose pour lui était inédite. Seul le chagrin de cette jeune veuve l'avait retenu de s'esquiver. Il goûta, fit claquer sa langue et déclara que ce n'était pas mauvais. Une conversion très provisoire – lui aussi s'en alla victime de son foie.

Verre en suspension et main sur la hanche, Yvon prenait la pose de son père, campé largement sur ses bottes de caoutchouc dont le fumet envahissait peu à peu la pièce. Pour meubler le silence, maman félicita le fossoyeur de son honnêteté. D'autres à sa place n'auraient peut-être pas eu les mêmes scrupules.

C'était une manière de voir. Une autre eût été d'imaginer le père Julien s'appliquant, pour masquer son forfait, à fondre clandestinement son or dans son logement de misère, et négociant son petit lingot auprès du bijoutier du coin – qui était Rémi, et dont la boutique jouxtait notre maison. Il était évidemment plus simple pour le jardinier philosophe de se payer d'un pourboire et d'un verre de vin.

Ladite trouvaille, après son départ, fut déposée sur le buffet parmi les objets et les papiers en attente d'un rangement ou d'un tri. Une montagne hétéroclite qui s'écroulait chaque fois qu'on tentait d'en prélever un morceau. Une coupe à fruits, somptuosité tachiste, résolument moderne, en céramique ébréchée, était maintenant coulée dans la masse. Les quelques noix dans son creux, les seuls fruits qu'elle accueillît jamais, déposées là comme accessoires décoratifs le jour de son intronisation au centre du buffet, furent exhumées des années plus tard, un été, quand John, de passage, confia qu'il avait l'habitude de terminer ses repas par une poignée de fruits secs. Quelqu'un se rappela les noix, sans doute entraperçues lors d'un précédent éboulement. Un travail de terrassier pour les atteindre, mais de fait elles reposaient encore au fond de la coupe, blanches, propres, javellisées, comme une victoire sur le temps. Il fallut vite déchanter : l'intérieur était tout poussiéreux, et les quelques amandes sauvées si sèches, si rabougries, qu'on se faisait l'effet de pilleurs de tombes ingurgitant le repas funéraire placé près du corps en prévision du grand voyage.

Si l'on avait besoin d'une vis, d'un écrou, d'un tube de colle, d'une lame de rasoir, d'un ressort de montre, d'une bille, d'une épingle, d'un crayon, d'un trombone, d'une pièce percée (en guise de rondelle) ou de ce minuscule tournevis d'horloger avec lequel nous resserrions les branches de nos lunettes, il suffisait de plonger dans cette niche écologique entre le bahut et le placard supérieur et de localiser le ravier en verre qui avait servi de baignoire aux petits mandarins blancs à bec grenat, retrouvés morts les uns à la suite des autres au fond de la cage, sans qu'on sût trop pourquoi. C'est dans ce beurrier-piscine qu'on déposait ces pièces, dans l'idée qu'un jour on en aurait peut-être l'usage. C'est là qu'atterrit le dentier. Sa carrière de prothèse était à coup sûr terminée mais, de même que la mode était de métamorphoser un clairon en lampe de chevet et un joug en lustre, on pouvait toujours espérer un recyclage futur.

Au début, on était effrayé d'imaginer une telle monstruosité dans la bouche d'un être humain. Ça tenait plutôt d'un instrument de torture, on l'aurait bien vu en forceps de la parole. Entièrement en or : dents, palais, gencives – lourd, grossier, encombrant, rudimentaire. Extrait d'un champ de fouilles, on l'attribuait aux orfèvres scythes ou aux chirurgiens de la XVIIIe dynastie. Mais ce qui eût suscité l'émerveillement dans la bouche de la reine Hatchepsout ne laissait pas de nous inquiéter pour le confort de notre grand-mère chrysostome.

La grande Aline n'était sans doute pas du genre à se plaindre. Elle avait connu une suite de drames dans sa vie, le même drame recommencé, tous ses enfants mort-nés jusqu'au tardif et miraculeux Joseph, notre père, qui avait dû conserver le sentiment de la fragilité de l'existence puisque, en dépit de sa haute stature, il n'avait pas dépassé quarante ans.

Aline avait gardé de ses épreuves un fond de tristesse qui frappait ceux qui l'approchaient, tristesse qu'accentuait encore la douceur de sa voix. Ah, sa voix – tous les témoignages concordent –, à peine tombait-elle de sa bouche d'or qu'on en oubliait les formes massives, le corps abusivement charpenté que la malheureuse déplaçait entre les rayons du magasin avec la volonté de légèreté de ceux, parmi les plus délicats, qui redoutent par leur volume d'abuser de l'espace.

Le dentier était à sa mesure. Débordant du beurrier-piscine, il parlait pour elle. Les vis, les boulons, les gommes y étaient maintenant à l'étroit. Au moindre chamboulement sur le buffet, on les retrouvait étalés sur le linoléum gris de la cuisine, oisillons déplumés éjectés sans ménagement par ce coucou parasite. Il fallait intervenir. On dégagea l'angle avant du plateau et le lourd dentier fut placé là en soutènement, qui prévenait de sa masse les affaissements à la base.

On n'y prêta bientôt plus attention. Seul le regard inquiet d'un visiteur nous renseignait parfois sur son incongruité. Et puis, il se découvrit naturellement une fonction de presse-papier. Une lettre, une facture urgente, étaient placées en attente, bien en vue, sous la puissante mâchoire dorée. On prenait nos repas à côté sans en être le moins du monde dérangés ni impressionnés.

Ce sauve-qui-peut, cet à vau-l'eau. Jamais de son vivant notre père néguentropique n'aurait laissé les portails se démanteler. Sa vigilance ne permettait pas à une brèche de s'entrouvrir, à une peinture de s'écailler, à un toit de fuir, à un tuyau de goutter. On lui donnait Venise, il sauvait la Sérénissime des eaux, cimentant les façades, habillant les boiseries de Formica, asséchant les canaux, inventant des gondoles sur rails, mais Venise sauvée. Il avait pour le jardin un projet Grand Siècle avec rochers, cascades, niches fleuries. La petite tante s'inquiétait déjà de la place qu'il réservait à ses statues. De cette folie témoignent un crayonné sur une feuille et quelques pierres de granite rapportées de Bretagne intérieure, qui, entassées au sortir du coffre de la voiture contre le mur du fond, disparurent bientôt sous les herbes.

Ces labeurs herculéens dissimulaient la pointe fine de son travail de restauration, la réparation des poupées, celles de ses filles bien sûr, mais aussi – sa réputation grandissant – de toutes les petites filles du pays qui lui apportaient pleines d'espoir un bébé de celluloïd borgne ou manchot. Il remettait en place les organes détachés. Pour ceux qui manquaient, il collectionnait dans son atelier, au milieu des boîtes de clous, des pièces récupérées sur des baigneurs trop fatigués – des yeux, des têtes, des bras, des jambes, comme une exposition d'ex-voto. Les poupées repartaient parfois avec un regard vairon, une jambe plus courte, ou plus rose, ou plus dodue, mais les petites filles ne semblaient pas voir la différence.

Construit par le père de notre père, le garage au bout du jardin était fermé sur la rue par un portail métallique qui avait représenté une audace pour son époque. L'argument Eiffel et la gloire des Wendel avaient sans doute pesé dans le choix de Pierre. Cette crainte de rater le train de la modernité – il s'était laissé convaincre que le fer serait plus résistant, que cette armure protégeait mieux sa maisonnée des attaques du temps.

Faute d'entretien – il aurait dû être gratté et repeint tous les trois ans –, la rouille en est facilement venue à bout. De petits atolls ocrés ont d'abord émergé autour des rivets, avant de s'étendre peu à peu jusqu'à former des îles puis des continents qui gangrénaient comme une mer de corail le planisphère vert du portail. Sur la fin, seules quelques traînées de peinture résiduelle rappelaient son passé pompéien. On perçait des œilletons à travers la tôle d'une simple pression du doigt. Les feuilles de métal, oxydées, rongées, s'écaillaient comme une écorce de platane. Juste avant son remplacement, le portail était devenu si dangereux qu'on avait ordre de ne plus s'en approcher. Outre la menace tétanique pour une paille de fer sous la peau, on risquait de périr écrasé sous les lourds panneaux ou transpercé par une lame dessoudée. Les colis volumineux transitaient par le jardin voisin de Rémi, ce qui faisait l'affaire des hirondelles nichant sous les poutres du garage, lesquelles, n'étant plus jamais dérangées, tournoyaient à petits cris dans ce dock abandonné.

Ce portail avait toujours été d'un maniement difficile. Il se repliait comme un paravent et il valait mieux pour le fermer être deux ou, à défaut, comme celui qui venait de nous quitter, être grand. La manœuvre consistait, tout en maintenant les panneaux tirés à soi, à enclencher les tiges qui les rivaient au sol et au plafond. Mais le bras fatiguait à retenir ces masses métalliques hautes de deux mètres cinquante, le sang refluait de la main levée, et fréquemment, comme on visait les mortaises pratiquées dans l'énorme poutre linteau, une parcelle de rouille tombait qui se logeait dans l'œil. Alors on lâchait tout pour se frotter la paupière, animé d'un sentiment de rage impuissante et désespérant d'y parvenir jamais. Cette chose, naturelle du temps que papa s'en chargeait avec la redoutable force des pères, nous enseignait après sa mort que le chemin serait désormais semé d'embûches contre lesquelles il nous faudrait l'âme comme un brise-glace, dure et tranchante, que nous n'avions pas, ne sachant que pleurnicher en robinsons tristes débarqués sur un archipel de ténèbres.

Le portail de bois qui fermait le garage côté jardin aura sombré, lui, dans un lent pourrissement d'étrave sur une côte verte d'algues : l'effet conjugué des pluies de l'Atlantique et des tirs de ballon qui s'écrasaient lourdement sur lui en faisant vibrer les vieilles planches. Il y eut d'abord une série de craquements, puis les premières fissures apparurent, jusqu'au jour où, dans une gerbe d'éclisses, la balle perfora le portail pour aller battre puissamment, à travers le garage, contre la tôle. À mesure que les années passaient, les planches pendaient un peu plus aux ferrures, se détachaient et finissaient par tomber dans l'herbe, où elles gisaient comme un jeté négligé de mikado.

Quelques années après la guerre, un garçon de vingt ans avait échoué sans le sou dans le pays. Il paraissait si désorienté que papa lui proposa son garage pour abriter ses activités de peintre, des pinceaux pour les exercer et des travaux pour en vivre. Au moment de ses fiançailles, le jeune homme avait peint en lettres dorées le prénom de sa femme sur le battant intérieur du portail, dont il se servait comme d'une palette géante pour l'essai de ses couleurs. Plus tard, à la suite d'une dispute peut-être, il avait recouvert l'inscription d'un pudique rectangle noir, si bien qu'on avait fini par l'oublier. À présent que la pluie lavait et relavait sans cesse ces vieilles planches, on la voyait réapparaître comme une petite Troie d'amour exhumée.

La petite tante n'aurait pas toléré ce laisser-aller, cette détérioration du patrimoine. Elle eût mis à endiguer les ravages du temps la même énergie qu'à éponger les litres d'eau qui avaient transformé un jour sa maisonnette en piscine après la rupture d'un joint de son évier. Elle avait lutté vaillamment toute une nuit comme la chèvre de monsieur Séguin, seule avec ses serpillières, les pieds dans l'eau, à écoper, essorer, vider des seaux et des seaux, ne voulant selon son habitude déranger personne, ne demandant de l'aide qu'au mieux placé dans son fichier à la rubrique « Dégâts des eaux ». Le lendemain, épuisée, elle nous prévenait qu'elle aurait sans doute besoin de Joseph dès qu'il reviendrait, car elle craignait que son emplâtre de chiffons ne résistât pas bien longtemps. Joseph, amené à juger de l'ampleur du désastre, exprimait son admiration devant tant d'opiniâtreté et de débrouillardise, ce qui mettait sa tante aux anges. Mais d'autres fois, et c'était la source de longues séances de bouderie, il se moquait de son obstination à tout conserver – tel objet qu'il avait jeté et qu'il retrouvait dans le grenier de la maisonnette, ou lorsqu'elle s'était mis en tête de recoller les mille morceaux de la statuette en stuc de sainte Anne, tombée mystérieusement de son socle (vœu non exaucé, colère du ciel ?), un puzzle en trois dimensions qui l'occupa des soirées entières pour un résultat médiocre : une pauvre Anne couturée, mal remise de son opération et de ses greffes, bavant la colle par toutes ses plaies et qui faisait pâle figure à côté de son gendre en charpentier d'albâtre. Mais on n'abandonne quand même pas comme une poignée de gravats une réplique de la mère de la mère de Dieu, celle que l'enfant Jésus appelait grand-mère.

La petite tante se serait dépensée sans compter pour s'opposer à cette clochardisation du jardin. A coups de tube de colle, de sparadraps de fortune et d'appels au ciel. Elle eût considéré de son devoir de poursuivre l'œuvre du neveu disparu. Elle eût fait cela en mémoire de lui.

Elle fut au contraire la première à lâcher prise.

Elle passa le Nouvel An – comme une borne ultime qu'on se promet de dépasser, après quoi on s'accordera un peu de repos. Ce cap franchi, le 2 au matin, on la portait manquante.

Il était près de midi et elle n'avait toujours pas donné signe de vie. Ce n'était pas dans ses habitudes. Si elle tenait à son indépendance, elle craignait trop la solitude pour demeurer cloîtrée toute une matinée dans sa maisonnette sans qu'une course l'appelât au-dehors. Pour quitter le jardin, elle bénéficiait d'une double sortie. Passant par notre maison ou celle de Rémi, elle n'avait que la rue à traverser pour gagner l'église où, depuis sa mise en retraite, elle avait entrepris de tout réorganiser dans un esprit clunisien. Mais elle tenait à nous montrer qu'elle avait aussi d'autres activités. A chaque apparition dans le couloir elle annonçait la raison de son passage. Elle tendait son maigre cou fripé par la porte de la cuisine et, en femme pressée, lançait sans s'arrêter, de sa petite voix sautillante : « Je vais acheter du beurre », ou « Monsieur le curé me fait demander », ou « Si on a besoin de moi, je suis chez la fille Untel ». Souvent il n'y a encore personne dans la cuisine. On l'entend du premier lancer dans le vide son ordre de mission aux bols du petit déjeuner qui nous attendent sur la table. Qu'à cela ne tienne. Elle replace son cou sur ses épaules et en avant Seigneur, car c'est à Toi qu'appartiennent le règne, la puissance et la gloire.

Et ainsi jusqu'au soir où, avant de se coucher, il lui reste à accomplir ce qui pourrait s'apparenter à un chemin de croix immobile. Agenouillée sur son prie-Dieu en bois tourné noir, bras écartés, paumes tournées vers le ciel dans l'attitude des stigmatisés aux mains percées par des rayons laser, elle récite en boucle, à voix murmurées, d'interminables chapelets. Le coussin du prie-Dieu porte les stigmates de ses longues séances. Il n'a plus de couleur et la trame en est si usée qu'on sent la bourre comme de la picote sous les genoux. L'accoudoir est en meilleur état, dont le velours vert est juste un peu fané à l'endroit où elle pose son livre de prières. Car elle ne s'y appuie pas. Elle ne prie pas le visage dans les mains comme à l'église où, bras écartés, il lui faut trois chaises sous peine de gifler son prochain. Dans l'intimité, ce serait une marque de laisser-aller, d'abandon, bien peu digne de celui qui a tant souffert pour elle et pour la multitude en rémission des péchés – les péchés de la multitude en priorité, car, pour ceux de la tante, il n'y avait certes pas de quoi se suspendre à une croix.

Elle incline la tête de côté comme elle en a l'habitude quand elle mange d'une manière cérémonieuse ou prend la pose, si bien que, sur toutes les photos d'elle, désaxant ce cou trop long, trop frêle pour tenir sa tête droite, il semble qu'elle cherche à regarder derrière le photographe, comme si celui-là s'interposait entre elle et quelque chose d'essentiel, comme si dans la nuit de sa chambre-chapelle elle cherchait à contourner ce matelas de

99

ténèbres pour tenter de capter un reflet de la lumière divine.

Bien que plus rien ne l'y oblige, sinon la première des trois messes basses qu'elle s'impose, elle continue de se lever de bonne heure. Cinquante années de labeur rendent inapte à traîner au lit. Le pli est pris. Ses journées n'en sont que plus longues à occuper. Elle passe son temps à ses navettes incessantes qui lui donnent l'impression d'une activité débordante, même si chacun comprend que les motifs invoqués au cours de ses passages tiennent surtout lieu de dérivatifs à cette découverte tardive de l'ennui.

Pour ne pas paraître trop encombrante, peut-être aussi pour ménager ce qu'elle imagine être des susceptibilités et qui ne sont qu'une forme d'agacement, elle ne repassera jamais par la même maison au retour de sa course. Et c'est devant Rémi penché sur son établi, sa loupe d'horloger fichée dans l'œil, qu'elle agitera comme une pièce à conviction sa plaquette de beurre : « J'ai acheté mon beurre » (et Rémi comprend qu'il est censé savoir qu'elle est sortie en quête de beurre), ou « Monsieur le curé était absent » (et, comme elle ne veut pas qu'on s'imagine qu'il ait pu lui faire faux bond, elle s'empresse de raconter comment la bonne Anastasie l'attendait avec des excuses de monsieur le curé, lequel venait d'être appelé en urgence auprès de madame Chose pour ce qui pourrait bien être, hélas, ses derniers sacrements. Et là Rémi, auquel rien n'échappe de la vie du bourg qu'il observe à travers les voilages de Tergal blanc de la vitrine, a le tort de relever la tête, d'ôter la loupe de son œil

100

et de s'inquiéter : « Madame qui ? » Ce qu'il ne fallait surtout pas, car la petite tante, ayant ferré son sujet, ne le lâchera pas de sitôt : madame Chose du village de, sur la route de, épouse de, fille de – mais l'explication part de si loin (d'au moins trois générations en arrière avec naissances, mariages, situations, cause des décès), la généalogie emprunte des ramifications si compliquées que Rémi, excédé, devra patienter une demi-heure avant d'apprendre qu'il s'agit en fait de l'arrière-grand-mère, laquelle flirte avec les cent ans, et c'est en maudissant madame Chose, la petite tante et tout ce qui se ligue pour lui faire perdre son temps qu'il reprendra son ouvrage), ou encore, de son ton cassant, un de ses jugements abrupts et sans appel : « La fille Untel n'a pas inventé la poudre » – ce qui n'a rien, après tout, de déshonorant.

Toutes ces allées et venues semaient à la longue la confusion dans son esprit. Elle annonçait le beurre et revenait de chez monsieur le curé, réagissait en personne débordée, se frappait le front comme une héroïne de tragédie : « Ah oui, j'oubliais, mon beurre », et repartait la tête dans les épaules, sa silhouette étriquée arpentant le bourg à petits pas pressés, souris trotte-menue que chacun salue d'un mot aimable. Nous l'entendîmes même une fois annoncer très distinctement qu'elle se rendait au Magnificat et la vîmes se précipiter aux toilettes dans la cour. Grâce à quoi et en souvenir, pendant des années, nous nous soulageâmes au Magnificat. Nous en étonnâmes plus d'un par ces sursauts de piété qui se terminaient à l'étage dans la cataracte d'une chasse d'eau. Mais il était clair qu'elle se disposait à perdre bientôt la tête. Le coup du 26 décembre ne fit qu'accélérer le processus et s'emballer les symptômes.

Les cinq jours qui séparèrent la mort de papa du Nouvel An, elle les passa dans une sorte de transe entrecoupée de phases d'un total abattement. On la surprenait prostrée sur une chaise, la tête penchée en avant comme son Jésus, presque bossue, mains croisées sur le giron de son informelle jupe noire, la pointe des pieds effleurant à peine le sol, l'air absent, comme si la réalisation brutale de l'événement provoquait une disjonction dans le champ de ses pensées. Son esprit avait beau s'interroger, il se cabrait devant cette mort, refusait d'intégrer l'impensable. Ce collapse la retranchait des vivants. Et puis, sur une impulsion, elle repartait dans ses activités secrètes avec une énergie décuplée. Elle disait qu'elle s'occupait de tout, qu'en ce qui concernait les obsèques elle s'arrangeait avec monsieur le curé pour le choix des textes, de la musique, des fleurs, et avec Julien pour le cimetière. Nous pouvions pleurer tranquilles, elle se chargeait du reste. Elle passait, repassait comme un automate, et puis, à l'épuisement du ressort, se laissait tomber de nouveau sur une chaise, hébétée, l'ourlet de ses yeux rougi par le chagrin et les nuits de veille où elle apostrophait le Seigneur, lui proposant le plus vieux marché du monde, un échange entre elle et son neveu. Il lui semblait qu'il y avait eu erreur sur la personne, que le coup avait dévié de la cible, que c'était elle la visée, qu'il fallait donc revenir la chercher, corriger ce malentendu, qu'il n'y a pas de honte à reconnaître qu'on s'est trompé. C'est du

102

moins ce qu'elle ne cessait de nous répéter, mais le grand corps dans la chambre du premier, que veilla maman sans discontinuer soixante heures d'affilée, conservait sa rigidité de cadavre, et même sur la fin dégageait une odeur suspecte qu'on attribua d'abord à un changement de temps. Quand ils tournent à l'ouest, les vents se chargent au passage des déjections gazeuses des industries chimiques du bord de Loire en amont de Saint-Nazaire : relents de torchères, d'ammoniac, de soufre, de SO2, qui veinent le ciel de l'estuaire de vert et d'ambre, et qu'on interprète à coup sûr comme une promesse de pluie. Mais la fenêtre de la chambre était close, calfeutrée, ne laissant rien filtrer du froid de l'hiver. Et, après vérification, l'air au-dehors dégageait une fraîcheur de cristal. C'était la vie qui pliait bagage.

La petite tante entre deux courses montait vérifier où en était son marché, si papa n'attendait pas assis dans son lit qu'elle vînt le relever. Mais elle ne se faisait plus d'illusions. Quelque chose s'était cassé. Elle avait toute sa vie négocié avec les saints – leur côté humain, sensible aux compliments, aux hommages, aux marchandages. En jouant finement, rien qu'elle n'ait obtenu d'eux. Mais, là, l'ordre de retrait tombait de trop haut – incorruptible, inaccessible. Alors elle s'approchait à pas feutrés d'une des chaises disposées autour du lit pour la veillée, s'asseyait avec mille précautions sur le bord, fermait les yeux, et son chapelet entre les doigts débitait un millier de rosaires – un murmure entêtant, postillonnant, parasite, lequel, on le voyait bien, irritait maman qui se retenait d'envoyer la petite tante prier ailleurs où, de toute façon, l'effet eût été le même, implorant de son pauvre regard exténué qu'on la laissât en paix auprès de l'homme de sa vie – une dernière fois, comme une ultime faveur –, elle qui refusait, malgré les recommandations des uns et des autres devant son visage défait, d'aller s'allonger un peu, voulant profiter jusqu'au bout de son compagnon – surtout maintenant qu'une rumeur inquiétante, suite à cette odeur, parlait de précipiter la mise en bière, c'est-à-dire ce moment où, couvercle reposé, il disparaîtrait à jamais.

Rémi fut le premier à s'inquiéter. Il guetta le curé Bideau à travers ses rideaux et le héla au moment où il entrait dans son église. L'abbé confirma n'avoir pas eu affaire à la petite tante de la matinée. « Cet imbécile de Bideau » – selon Rémi – ne trouvait rien là d'anormal, « alors qu'elle était toujours fourrée dans ses jupes ». Rémi était organiste titulaire et unique. Par son couplet anticlérical il se dédommageait des services gratuits qu'il rendait à la paroisse – un marathon hebdomadaire : trois messes plus les vêpres, le dimanche, et chaque matin de la semaine l'office de sept heures, à quoi s'ajoutaient les cérémonies des vivants et des morts. La marche nuptiale de sa composition était renommée, très demandée. Il se vexait un peu quand les jeunes mariés lui préféraient celle, pompeuse, disait-il, de Mendelssohn. Lorsqu'on le sollicitait pour assurer la partie musicale d'un office auquel il n'était pas tenu par contrat, il suffisait de le supplier un peu, il n'arrivait jamais à refuser. Il s'en voulait. Il annonçait que, la prochaine fois, Bideau et ses acolytes repasseraient la porte de son magasin les quatre fers en l'air, mais la prochaine fois chacun pouvait entendre : « Merci monsieur Rémi, on savait pouvoir compter sur vous. »

Cette absence de la tante le tracassait. Il aurait aimé s'en ouvrir à maman, mais on ne savait plus comment aborder celle-ci. On lui parlait comme aux sourds-muets, en s'adressant à la personne à côté. On nous demandait comment va ta maman, et maman se tenait à deux mètres, en exil, très loin. Elle mit des années à réintégrer le monde des vivants.

Rémi se décida malgré tout, avec le renfort de sa mère. Nous étions selon notre habitude dans la cuisine, la seule pièce véritablement chauffée en hiver. En plus d'y prendre nos repas, on y jouait, s'y chamaillait, y faisait nos devoirs – ou rien, le plus souvent. A nous voir tous les quatre repliés sur notre malheur tout neuf, la vieille Mathilde eut une telle expression de compassion que nous comprîmes que notre affaire était plus grave encore que nous ne l'imaginions. Rémi s'excusa de nous déranger, demanda rapidement de nos nouvelles, glissa sur la réponse, et en vint à la raison de sa visite : avait-on vu la tante, ce matin ? Tiens, c'est vrai, elle n'était pas passée. Est-ce qu'on ne trouvait pas cette absence inquiétante ? Oui, sans doute, mais l'inquiétude, on ne savait plus trop où la situer. Et puis la tante, dans son perpétuel jeu de cache-cache, avait toujours mis beaucoup de coquetterie à réapparaître au moment même où l'on s'alarmait de sa disparition. Cependant, Rémi voulait en avoir le cœur net, et, comme nous ne réagissions pas, il proposa de pousser une reconnaissance jusqu'à la maisonnette à moitié camouflée par le buis du jardin. L'expédition se mit en marche dans l'allée entre les massifs de rosiers dont les branches mortes s'entrelaçaient sur la tonnelle, Rémi en tête, de son pas chaloupé, suivi de Mathilde et maman vêtues de noir, et bientôt rejoint par Pyrrhus, son épagneul fou, qui avait sauté la barrière, pourtant haute d'un bon mètre, entre les jardins. Rémi présumait sans doute qu'il pouvait y avoir du danger, puisqu'il demanda aux enfants de rester en arrière. Arrivé devant la maisonnette, il tenta de jeter un œil par la fenêtre, mais les rideaux étaient tirés, d'où il déduisit que la petite tante était à l'intérieur. Du coup, il nous conseilla de retourner à la maison, puis, comme nous ne bougions pas, maman ne nous ayant rien dit, de demeurer à distance. La porte refusa de s'ouvrir. Il restait à briser une vitre à hauteur de la poignée de la crémone. Mathilde se penchait déjà, ramassait une pierre qu'elle tendait à son fils, mais Rémi, méticuleux à son habitude, en horloger adepte de la belle ouvrage, eut un mouvement de recul, et l'envoya chercher un diamant dans le tiroir supérieur gauche de l'établi. Les corvées, c'était Mathilde. Rémi se débarrassa de la pierre en la lançant au loin. Pyrrhus, qui comprenait rarement ce qu'on attendait de lui, démarra ventre à terre et la ramena dans sa gueule. Ce ne devait pas être le moment de jouer, car il se prit une tape sur le museau.

Quand Mathilde, soixante-dix ans, revint essoufflée par sa course, Rémi remarqua qu'il lui en avait fallu du temps, sur quoi elle objecta que le diamant n'était pas dans le tiroir supérieur gauche, sur quoi Rémi voulut savoir qui ne l'avait pas remis à la place et chercha un coupable parmi les trois suspects : sa mère, lui et son chien. De l'autre côté de la vitre, draps remontés sous le menton, la petite tante contemplait le ciel derrière ses paupières closes. « Voilà, je suis prête, Seigneur, quand vous voudrez. Qu'une légion d'anges m'emporte vers Vous, Très-Haut. Mais qu'entends-je ? Sont-ce déjà vos envoyés, ce crissement sur la vitre, suivi d'un cliquetis sec et cassant ? Depuis quand pénètrent-ils par effraction, ces pilleurs d'âmes blasphémateurs ? » Rémi, qui venait de se couper en passant la main pour tourner la poignée de la crémone, jura doucement. Quand il eut ouvert la fenêtre – ce qui nous remplit d'admiration –, il s'assit sur le rebord, pivota sur son derrière, prit sa jambe malade à deux mains, la bascula par-dessus le chambranle et de l'autre côté s'empêtra dans les rideaux. Tandis qu'il les écartait, que le jour profitait de l'ouverture pour se poser sur le lit, il eut comme une hallucination : Mathilde, l'oreille collée sur la poitrine miniature de la tante, scrutait à la mode indienne un dernier souffle de vie.

« Par où es-tu passée ? » – « Tais-toi », dit Mathilde – « Elle est morte ? » questionna Rémi. – « Par la porte », répondit sa mère – ce qui, cette réponse différée, impliquait que le cœur de la tante battait encore. Exposée plein ouest (le soleil couchant éclairait le maigre repas de la dîneuse solitaire), son bois gonflé par les pluies d'hiver, la porte avait juste eu besoin d'une bourrade pour s'ouvrir. Il fallait voir d'habitude comme la tante Marie s'y arc-boutait. On craignait d'entendre craquer ses os. Mais grâce à une longue pratique elle dirigeait son effort au bon endroit et ne se montrait pas peu fière de son talent. D'ailleurs elle ne fermait jamais sa porte, ou alors les nuits d'orage, quand le ciel éclate en morceaux au-dessus de l'Atlantique. Ni la prière ni l'intercession auprès de la Vierge des Mers ne dissipaient dans ce cas sa frayeur : elle donnait un tour de clé pour se rassurer.

Les yeux clos, sans ses lunettes à monture de métal doré, ses cheveux blancs écrasés par un filet de nuit, elle paraissait ce jour-là une autre, presque étrangère, comme si au cours des heures nocturnes on avait procédé à une substitution – notre petite tante qui ne pouvait mourir (comment l'aurait-elle pu, avec cet âge sans âge et de si hautes protections ?) ayant été remplacée, après sa dormition, par une vulgaire mortelle aux traits voisins. Ce n'était pas celle que nous connaissions : la vive, l'affairée, aux yeux de malice et au verbe incontinent. Qu'avait-elle de commun, notre Marie, avec ce monde immobile et silencieux, avec cette pâleur ivoirine, elle que sa vitesse de déplacement dans le vent d'ouest condamnait à un treillis de couperose sur ses joues fraîches ?

Pyrrhus, entré comme son maître par la fenêtre, sauta sur le lit. La petite tante rebondit sur les ressorts, si bien qu'on crut un moment qu'elle se réveillait, surprise par tout ce monde autour d'elle, mais elle retomba, la tête en travers de l'oreiller. Le filet de nuit lui glissa sur les yeux, que Mathilde réajusta avec beaucoup de délicatesse. « Veux-tu », hurla Rémi à voix basse, la main levée. Le grand chien roux s'affala bruyamment sur la descente de lit. Il ne comprenait toujours pas. Il voulait, comme à son habitude, gratifier la tante d'une de ses manifestations exubérantes de tendresse qui la laissaient stupéfaite et les lunettes de guingois.

On emmena la vieille institutrice en urgence au centre hospitalier le plus proche. Rémi accusa le poêle à charbon. Il prétendait avoir senti une odeur bizarre en pénétrant dans la maisonnette, mais de la façon dont cuisinait la tante il y avait toujours en suspension des senteurs inédites et étranges. A peine arrivé, le docteur Maubrilland fut invité lui aussi à renifler. Jamais auparavant on ne se serait permis de l'aiguiller sur une piste aussi prosaïque, mais, après la mort de papa, la sûreté légendaire de son diagnostic en avait pris un coup. Cette assurance, cet air définitif quand tombait son verdict –, il faudrait que devant nous il adoptât dorénavant un ton plus humble : nous pouvions encore lire sur l'agenda paternel ses rendez-vous post mortem pour des séances de massage que le docteur lui avait conseillées en remède à ses intolérables douleurs au dos. Il n'était plus question de s'en remettre aveuglément à son jugement. C'est pourquoi nous étions là tous les sept, le nez en l'air, à tenter de déceler une émanation funeste qui nous aurait donné un semblant d'étourdissement, à soulever à tour de rôle le couvercle du poêle pour un complément d'information. Mais rien de bien probant (d'ailleurs, l'oxyde de carbone est inodore). Et une telle sortie à la Zola – un auteur à l'Index – ne cadrait pas du tout avec notre petite tante.

Quand elle rouvrit les yeux, l'hôpital conclut à sa guérison et nous la renvoya.

Lorsque nous aurons ressuscité d'entre les morts, nous serons avec nos corps tout neufs comme des collégiens empruntés. Nous le tenons de la tante, de cette pose inhabituelle alors qu'elle nous attendait dans la chambre du premier donnant sur la rue où maman l'avait installée à son retour d'hôpital, une main en appui sur le bois de lit comme un Talleyrand revenu de tout, semblant moins se cramponner que chercher une attitude, une nouvelle courbe dans l'espace où inscrire son dos voûté, ses membres grêles, son port de tête, comme gênée de nous jouer ce mauvais tour, s'excusant presque de cette fausse sortie, nous dévisageant avec l'effarante distance de ceux qui ont dépassé les bornes de ce monde sensible. L'impression ressentie à sa découverte inanimée se confirme : ce n'est pas notre tante, comme si une part d'elle, cette part qui l'identifiait à nos yeux, s'était estompée, gommée dans son passage à la frange des ténèbres – et nous, devant cette tante approximative, devant cette silhouette débarrassée de ses marques, comme, oui, sans connaissance.

Que dit Jean sur la réapparition de Jésus ce matin halluciné où achoppe le salut de la multitude ? Que

Marie-Madeleine, le jour à peine levé, accourt au tombeau et le trouve vide – Marie-Madeleine, l'amoureuse effrénée qui couvrait d'un coûteux parfum de Galilée les pieds du marcheur sublime en les oignant de ses cheveux. Elle demande à celui qu'elle prend pour le gardien du jardin où l'on a déposé le corps du supplicié, car elle désire l'emporter, l'assurer par-delà la mort de la pérennité de son amour. Marie-Madeleine ne se lamente pas qu'on l'ait trompée au sujet de la résurrection, elle ne joue pas l'offensée, ne se calfeutre pas dans l'espérance d'une amnistie, honteuse qu'on ait ainsi abusé de sa crédulité, elle se moque du qu'en-dira-t-on qui paralyse les apôtres. Cette révélation de l'amour lui suffit, l'occupera jusqu'à la fin de ses jours. Et Lui qui comprend, usant pour la première fois sans doute d'un tendre diminutif : « Mariam », dit-il simplement, et elle, se retournant : « Mon rabbi », ce qui en hébreu signifie mon maître, ce qui pourrait signifier mon homme, mon tout, ma sollicitude, car il est le seul à la mesure de ce flux d'amour, le seul à l'étancher quand avant Lui tous les hommes entassés dans son lit n'y suffisaient pas. Et maintenant, confiez ce scénario à un metteur en scène et voyez ce qu'il en ferait (mon Dieu, pardonnez-leur, car ils ne savent pas ce qu'ils font) : il les précipiterait ahuris l'un vers l'autre, leur demanderait de s'étreindre fougueusement dans la joie des retrouvailles, et ni Jésus, ni Marie-Madeleine, ni le metteur en scène n'auraient compris le fin mot de la résurrection. « Ne me touche pas », dit le Maître. « Embrassez votre tante », nous disait maman.

On n'osait pas – pas envie de mettre les doigts

dans ses bronches blessées par la fumée du poêle, pas envie de croire à cette revenante. Et puis, la tante n'avait jamais su embrasser : elle collait sa joue sèche contre la joue qu'on lui tendait – un contact rapide comme un effleurement électrostatique –, faisait claquer ses lèvres dans le vide et cela valait pour une démonstration de tendresse. Jamais elle ne vous prenait dans ses bras ni ne câlinait, jamais elle ne vous serrait contre elle, et pas même son Jésus qu'elle enlaçait bras écartés, pas même les bébés qu'elle tenait en suspension comme une bûche sur des chenêts. Il existe d'elle une photo prise dans la cour où elle hisse Nine, deux mois, à bout de bras à hauteur de son visage comme un vainqueur de championnat son trophée. Nine tournée vers le photographe – papa, sans doute – et elle se dissimulant derrière l'enfant avec une pudeur toute biblique.

Cette pauvre sensualité ne favorisait pas les transports. A tour de rôle nous nous sommes avancés vers elle. Elle a lâché le bois de lit pour poser ses deux mains sur nos épaules. Cette manière d'étreinte – elle ne pouvait pas faire mieux –, c'était de l'inédit pour elle. On sentait qu'elle tenait à marquer l'événement, ce retour improbable, d'un geste redondant. De tout temps minuscule, son séjour à l'hôpital l'avait rétrécie encore, comme si elle avait déjà amorcé son retrait intérieur.

De telles embrassades posent un problème aux porteurs de lunettes. Il faut qu'ils veillent à bien contourner le visage, à passer suffisamment au large pour ne pas accrocher les montures. Son souci d'éviter l'incident – et ses commentaires habituels –, son faible goût pour le contact de la chair, incitaient chaque fois notre tante à entreprendre une manœuvre de débordement plus ample que nécessaire qui nous amenait à embrasser le bouton fiché dans son oreille. Cette parure n'était pas de sa part une coquetterie : il était à cette époque d'usage de percer les oreilles des petites filles auxquelles, pas plus qu'aux excisées, on ne demandait leur avis. Ces pointes d'or implantées quelques semaines après la naissance, au prix parfois de saignements intensifs, étaient emportées dans la tombe. Une sorte de rituel tribal qui apparentait notre tante bonne chrétienne aux princesses barbares. Cette sensation froide du métal sur les lèvres (« Seigneur, dit Thomas, ils ont oublié un clou dans votre plaie »), c'est ainsi que nous prîmes congé d'elle.

Ensuite, elle a perdu la tête. Au début, on ne s'est pas inquiété. Quand elle demandait où était Joseph, on admettait, tenant compte de l'âge et du séisme qui nous avait surpris à l'épicentre, que ce type d'oubli était bien légitime. Même avec un cadavre sous le nez, la mort n'arrive pas à rentrer. Je me souviens, alors que je regardais la télévison un dimanche soir chez Rémi, de m'être levé précipitamment pour prévenir papa d'un résultat de match qui l'aurait intéressé. J'avais déjà la main sur la poignée de la porte quand tout m'est revenu. On expliquait donc à la petite tante que papa était en tournée, que ses affaires l'emmenaient de plus en plus loin maintenant, mais qu'il serait bientôt de retour. Elle faisait semblant de se ranger à nos arguments, puis, après un temps de macération, revenait à la charge. Elle voyait bien que quelque chose ne collait pas.

Il avait été convenu qu'elle s'installerait chez Rémi sitôt qu'il aurait achevé l'aménagement d'une chambre. Pas question qu'elle regagne sa petite maison et son poêle damné, et maman n'avait pas la force de la garder. On avait été chercher chez elle ses objets familiers pour qu'elle se sente moins dépaysée : son crucifix, les cadres de Lourdes et de Lisieux, le fichier qu'elle achevait de remettre à jour, plus quelques bibelots et une collection de médailles pieuses à glisser dans les armoires et sous son oreiller. Elle a d'abord soutenu que le crucifix n'était pas le sien, que le sien on l'avait volé et qu'elle s'en plaindrait à Joseph dès son retour. Rémi essayait de lui démontrer le contraire, mais, devant la raison butée de l'apostate, levait les bras et, découragé, annonçait qu'il démissionnait. Mathilde le renvoyait à son établi et prenait calmement le relais. Le crucifix avait été volé en effet, mais gare au coupable, car Joseph à son retour saurait mettre la main dessus. La petite tante disait qu'elle l'avait bien dit, qu'elle n'était pas folle – en attendant, elle ne voulait pas de celui-là, et Mathilde, qui affectait de comprendre que sa belle-sœur ne pût dormir en compagnie d'un étranger à demi-dévêtu, glissait la croix dans le tiroir de la commode.

Pyrrhus était heureux d'avoir retrouvé sa vieille compagne. Il passait ses journées dans la chambre, allongé sur le lit. De temps à autre, il descendait rendre une petite visite à Rémi au magasin, recevait une caresse amicale sur le crâne, une autre plus aléatoire de Mathilde, et, tout étant bien en ordre, remontait à l'étage rejoindre son poste. Il se montrait si imprégné de son rôle, si évidemment responsable, qu'il suffisait de dire « Pyrrhus est avec elle » pour qu'on cesse de se tourmenter.

Elle demandait toujours après Joseph. On répondait la même chose : en tournée, un contretemps, ne va pas tarder. Par lassitude, on aurait presque lâché le morceau. C'est peu à peu qu'on s'est aperçu de l'ampleur du malentendu. A des glissements dans ses propos, des dérapages hors du domaine d'absurde qu'on lui concédait. Joseph blessé, par exemple. Il avait besoin de son aide, elle désirait le rejoindre, exigeait qu'on la conduise à Tours – et puis cette histoire de Belgique aussi. Tours, on voulait bien – la Loire malgré tout : Orléans, Beaugency, comme une longue traîne au pays de l'estuaire –, mais que venait faire ici la Belgique ? De fait, Papa avait tenté une incursion du côté de Bruxelles à l'époque où il proposait ses tableaux à caractères pédagogiques dans les écoles libres (avec si peu de succès qu'on dispose encore d'un stock énorme dans l'entrepôt du jardin, tout l'Ancien Testament en trente planches couleur) mais il y avait des années qu'il se consacrait exclusivement à la vaisselle et à la Bretagne. On reconnaissait cette manie de la tante d'inscrire ses récits dans de vastes rétrospectives, comme si pour elle le plus sûr moyen de retrouver papa vivant était de repartir en arrière, d'inverser de ce point zéro le cours de sa vie, de remonter le temps comme on remonte ce qui était démonté. On admettait qu'elle mêlait tout, maintenant, avec art si l'on veut, mais que son esprit campait dans une quatrième dimension de l'espace-

116

temps où il n'était pas question de la suivre. Elle insistait pourtant. Joseph blessé. Elle semblait habitée de visions, recevoir par canal médiumnique un appel de papa accidenté, peut-être, abandonné sans secours sur le bord de la route, agonisant dans la carcasse broyée de sa voiture. On se rassurait à l'idée que, là où il était, il ne pouvait plus rien lui arriver.

C'est Mathilde qui a démêlé l'écheveau des pensées embrouillées de sa vieille complice. Elle a tiré un à un les fils et recomposé le canevas de sa mémoire. Tout y était. La petite tante n'avait perdu la tête que pour mieux la retrouver. La confusion ne venait pas d'elle, mais de nous, de notre lecture de ses visions. Le nœud de l'affaire, c'était que, tout à notre chagrin, nous faisions comme si papa était le seul Joseph à être mort depuis les débuts officiels de l'univers, c'est-à-dire jusqu'où portaient nos souvenirs. Pour la tante, il était le second : Joseph blessé en Belgique, transporté à Tours où il meurt, Joseph le frère aimé, à vingt et un ans, le 26 mai 1916.

Dès lors, on l'a laissé vadrouiller du côté de sa mémoire archaïque. Une fois le principe établi, on pouvait presque renouer le dialogue. C'était singulier d'entendre Rémi lui demander des nouvelles du front, pour lequel elle se montrait pessimiste. D'autres fois, elle le regardait avec l'air de penser : ce pauvre garçon a l'esprit complètement dérangé. C'était une errance au fil de ses souvenirs. On avait du mal à la suivre, car elle ne revivait pas son passé en continu. On la pensait préoccupée par l'écho funèbre de Verdun et elle était avec nous, pleurant la mort de papa. On se réjouissait de ce mieux – de ce chagrin que nous partagions avec elle – et elle repartait pleurer ses disparus : Joseph et Emile, morts tous deux au front, à un an d'intervalle, et puis une sœur Eulalie – Mathilde nous servait de guide – emportée une année après Emile par la grippe espagnole, sans oublier Pierre enfin, le mira-culé de Quatorze, le dernier frère à l'accompagner, qui, lui, succomba de n'avoir pu supporter la dis-parition de sa femme, Aline. Au sujet d'Emile, elle fut la première à évoquer le voyage de Pierre à Commercy, avec des imprécations : « Une inhuma-tion à la sauvette, comme un comédien. » Là, Mathilde se montrait beaucoup plus discrète et semblait ne pas saisir. Elle admettait que, sur ce point précis, la tante pût divaguer complètement. Mais nous commencions, nous, au contraire, à la prendre pour une sorte de pythie de la bouche de laquelle ne pouvaient tomber que des vérités. Elle était notre marc de café infaillible dans la lecture du passé. Simplement, les réponses à nos questions arrivaient dans le désordre, et achoppaient finale-ment sur le mystère Commercy, comme si dans ce puzzle nous nous trouvions en présence d'une pièce en trop.

Elle a ainsi oscillé quelque temps d'avant en arrière, balayant le siècle du faisceau de sa mémoire, et puis elle a décroché. Une sortie clownesque, pénible pour qui avait connu sa constance jansé-niste. Il est possible après tout que l'esprit enfiévré de Pascal l'ait entraîné lui aussi sur la fin à quelques pitreries qui faisaient sourire la famille Périer, mais la nièce charitable a eu bien raison de ne pas les divulguer. On n'aurait retenu que cet épisode-là, histoire de river son clou au vieil enfant génial, aux espaces infinis et au silence éternel. Et donc devant les facéties de la tante on balançait entre peine et fou rire. De petites choses anodines comme d'essayer pour la première fois de sa vie un rouge à lèvres prélevé dans le rayon parfumerie de Mathilde, ou prétendre que le curé Bideau lui faisait des avances, ou encore réclamer une cigarette et, au lieu de la fumer (ce dont elle eût été bien incapable), la glisser derrière l'oreille comme le marchand des quatre-saisons son crayon.

Elle réclamait fréquemment aussi qu'on la reconduise chez sa mère. On avait beau lui expliquer, déployant des trésors de diplomatie, que celle-ci n'était peut-être pas en état de la recevoir, elle ne voulait rien entendre, et, puisque personne n'avait la gentillesse de l'accompagner, elle irait seule. Elle enfilait son manteau, se chapeautait à la va-vite et il était impossible de la retenir. Elle errait au milieu du bourg, vieille dame perdue qui ne répondait même plus aux bonjours des passants, les dévisageant comme des étrangers, se dérobant quand ils lui adressaient la parole. Alors Rémi sortait sa voiture, la rattrapait et ensemble ils roulaient en silence, au pas, comme s'ils cherchaient une adresse, deux, trois fois le tour de la place, selon l'esprit de résistance de la petite tante. De retour devant la maison, Rémi disait qu'ils étaient arrivés. Elle paraissait calmée. D'autres fois, tout semblait lui revenir, elle soupirait : « Ah oui », et s'effondrait – l'écrasant rappel de la vie qui s'achève. Elle se figeait un moment dans ses pensées, et bien vite sa lubie la reprenait : qu'on la ramène chez sa mère, personne ne soupçonnait comme celle-ci était terrible quand on se présentait en retard à table.

Pour sa dernière, elle dînait en compagnie de Rémi et Mathilde, Pyrrhus à ses pieds. Les repas prenaient maintenant des allures d'un happening permanent où la tante, jamais à court, improvisait, réalisant des tours de passe-passe avec sa cuiller, posant la gamelle du chien dans son assiette, répétant que sa mère ne serait pas contente ou boudant devant un morceau de fromage qu'elle disait empoisonné. Ce soir-là, elle empoigna sa serviette de table, la plongea abondamment dans la soupière et s'en alla l'étaler sur le téléviseur allumé. Passé le moment de stupeur qui suivait chaque nouvelle invention, Rémi, qui craignait pour son poste neuf un court-circuit fatal, se précipita sur le compteur au-dessus de l'évier et disjoncta. On entendit alors dans le noir un bruit de chute amortie, un aboiement du chien. Mathilde chercha à tâtons une bougie, l'alluma, et, dans un clair-obscur tremblotant, la pâle lueur de la flamme éclaira ce tableau fin de siècle : la petite tante écroulée dans le fauteuil d'osier, hagarde, coiffée du linge qui dégoulinait sur son visage et ses lunettes, mater dolorosa aux petits légumes passés que le grand épagneul roux, les deux pattes sur elle, s'employait affectueusement à lécher.

Direction Pont-de-Pitié. Chez – comme nous disions avant ce final baroque – les dingues.

Quand les événements commencèrent à mal tourner pour la petite tante, redoutant une nouvelle épreuve pour leur fille (il y avait moins de deux mois que papa nous avait quittés), grand-père et grand-mère proposèrent de venir s'installer à la maison, afin de nous apporter, dans notre détresse, aide et soutien. Maman n'avait pas osé refuser. Les vieux parents chargèrent quatre énormes valises dans la 2 CV et entreprirent une folle expédition entre Riancé et Random : quatre-vingts kilomètres de routes secondaires à travers une campagne uniforme et plate aux champs rectilignes, aux haies soignées, aux arbres alignés, aux bourgs sans caractère, aux églises sans style, aux maisons sans façons, aux gens sans histoire. De Riancé à Random, la Loire-Inférieure se cache dans les pensées secrètes de ses épouses irréprochables.

C'était une aubaine, cette vie, même amoindrie, qui débarquait. Dès l'arrivée des nouveaux pensionnaires, nous nous précipitâmes pour les aider à décharger leurs affaires. Zizou empoigna, sur le siège arrière, une valise volumineuse que, n'ayant ni la taille ni la force, elle traîna sur deux mètres – ce qui contraria grand-père, au point de l'amener à desserrer les dents pour lui dire de faire attention. Cela suffit à doucher définitivement notre enthousiasme.

Au Pont-de-Pitié, notre Marie elle, n'avait pas tardé à sombrer dans un coma définitif, un long tunnel blanc pour la purger de ses ultimes facéties. Car, cette fois, la cause était entendue, il n'y aurait pas de second miracle. Et c'est pourquoi nous nous entassions à cinq dans la 2 CV pour lui rendre une dernière visite.

C'était un temps de fin d'hiver : averses et vent, ciel embrouillé, nuages effilochés ton sur ton dans la grisaille, et un froid humide que le pitoyable véhicule laissait entrer par ses innombrables fissures. Nous avions essayé en vain de tenir à quatre sur la banquette arrière. Mais maman avait beau être menue, ce qui était envisageable dans la DS nous apparentait à des sardines en boîte dans la voiture de grand-père. Grand-mère avait vite trouvé la solution : elle n'irait pas au Pont-de-Pitié, voilà tout, et d'ailleurs ce n'était pas comme si la tante avait encore eu toute sa connaissance. Qu'elle vînt ou non, pour notre Marie, il n'y avait pas de différence. En revanche, maman insistait pour qu'on embrasse une dernière fois celle qui allait nous quitter. Nous devenions les spécialistes du dernier baiser.

« Embrassez votre père », avait-elle demandé devant le cadavre habillé, cravaté, allongé mains croisées au milieu du lit, position qui dénonçait bien le caractère extraordinaire de la situation (d'habitude, papa dormait à gauche). La première fois, il avait gardé un peu de chaleur. La peau fraîchement rasée de ses joues sentait l'eau de toilette, une certaine élasticité demeurait. L'épreuve n'avait pas été plus rude que d'embrasser un bébé endormi : on se penche avec précaution, on applique un baiser rapide, à peine le temps d'éprouver du bout des lèvres la température du corps, et hop, on retourne, mission accomplie, se blottir autour du fauteuil que maman n'a pas quitté. (La seconde fois, juste avant la mise en bière, alors qu'une odeur sure montait de son ventre, on s'était carrément dérobé.)

La vieille Bobosse ainsi chargée se traînait sur la route humide. Une rafale de vent un peu violente suffisait à l'arrêter dans son maigre élan. On se consolait à l'idée que le retour se ferait au portant. Mais on se sentait humiliés par ces voitures puissantes (à partir de trois chevaux) qui nous dépassaient comme quantité négligeable, aspérité du bas-côté qu'on épinglait d'un regard moqueur ou d'une indifférence étudiée. Les plus courtois nous faisaient signe de nous pousser, et les plus charitables, en se trémoussant sur leur siège, affectaient de peiner à nous doubler. Tous ces bons Samaritains de la vitesse qui nous aspergeaient au passage se félicitaient en eux-mêmes d'appartenir à l'ère des satellites quand ils dépassaient la caverne roulante de ces nomades préhistoriques.

Serrés tous les trois à l'arrière, malmenés, chahutés, nous aurions volontiers laissé croire qu'on nous avait kidnappés et que ce vieillard impassible au volant n'était pas notre grand-père. Assise à ses côtés, maman communiait dans son mutisme. Elle rebondissait sur les ressorts de la banquette comme une marionnette sombre, un rictus amer dessiné au coin des lèvres, ne manifestant ni reproche ni contrariété, rien d'autre que la dure nécessité de durer, sans promesse hâtive, pour tout contrat ajouter une seconde à la précédente – et, cet effort inouï, c'était tout ce qu'on pouvait exiger d'elle. Les soubresauts de la 2 CV ôtaient un peu de dignité à son deuil. Un virage sévère l'obligeait à réajuster au jugé son petit chapeau noir posé bas sur le front. Il n'y avait dans son geste qu'un réflexe appliqué de survie. On devinait pourtant qu'elle regrettait dans ces moments-là la DS carmin qui attendait dans le garage un acheteur, maintenant que, faute de pilote, elle nous était devenue inutile. Cette suspension feutrée qui avalait les bosses, ce moteur ronronnant à grande vitesse, ces accélérations félines, ce panorama vitré à 360 degrés, ce confort moelleux des sièges qui procurait un répit au dos de papa, nous en avions peu profité, trois mois à peine. Mais à son bord nous étions des seigneurs. Dépassant la 2 CV comme une fleur des fossés, papa aurait eu un mot drôle sur le lamentable véhicule et ses occupants, de même que dans le brouillard du Tourmalet il avait déridé l'atmosphère en signalant « la casquette blanche de jockey » d'un petit vieux intrépide dévalant la pente aveugle au volant d'une voiture de collection. Malheureux et déchus, notre chagrin était complet.

Le Pont-de-Pitié est constitué d'un ancien couvent et de rajouts tardifs quand cet hospice se transforma en centre de désintoxication pour les assoiffés de la région. Le porche principal au fronton romain autorise l'entrée d'un carrosse, mais dans la cour assombrie par les hauts bâtiments aux façades

124

gorgées de pluie, aux fenêtres doublées de barreaux, un sentiment de désolation serre la gorge du visiteur. Les peupliers d'Italie élèvent leur futaie au-dessus des toits. La cloche de la chapelle lance ses notes méditatives déformées par le vent. Les religieuses traversent la cour à pas pressés en slalomant entre les flaques d'eau. Elles retiennent à deux mains leur robe noire qu'un tourbillon soulève et, quand le voile blanc de leur coiffe s'envole et se plaque devant leurs yeux, faute de bras pour l'écarter, elles se retournent, font quelques pas en arrière, avant de s'engouffrer à reculons dans les couloirs bordés de larges fenêtres par où tombe un ciel de traîne. Peinture silicosée, odeur de vieillards incontinents que tentent de submerger des hectolitres de désinfectant, relents nauséeux de cantine (cette même soupe du soir au parfum d'éternité qu'on sert au collège), silhouettes affairées des petites sœurs glissant sur le linoléum, malades en pyjama errant à la recherche d'ils ne savent trop quoi, et c'est ce qui les tue, regards éperdus qui délivrent mille tourments, un précipité d'angoisse qu'aucune chimie n'expurgera jamais, mains recroquevillées s'agrippant l'une l'autre comme deux maillons d'une chaîne interrompue, démarche hésitante, craintive, propos hallucinés, gestes brusques de déments, et dans le cloître le clan des durs : les clones de Napoléon et de Louis XIV, toutes les Anastasia et les princesses apocryphes d'un gotha imaginaire, dynasties fabuleuses du royaume des simples. Une parentèle d'imposteurs que notre souveraine vierge Marie n'eut pas à supporter trop longtemps.

A l'étroit dans la minuscule cellule de moniale aux murs et au mobilier blancs, mais le plus loin possible du lit installé face à la fenêtre où le vent malmenait les peupliers, on n'osait s'approcher de peur de bousculer les perfusions, de s'emmêler dans les tuyaux en se penchant au-dessus de cette petite forme livide aux maigres bras diaphanes, si fins, si transparents sur le drap, qu'on comprenait que notre tante avait choisi, plutôt que de mourir, de s'effacer doucement. Son visage sans lunettes se fondait dans la pâleur de l'oreiller, ses formes rescapées creusaient un sas minimum sous les draps, petite ride de vie reliée au monde par des tubes de cristal qu'un souffle transcendant effacerait bientôt.

Maman détonnait dans ses habits de deuil. Nous nous tenions au bord d'un trou de l'univers par où se déversait le monde des apparences. On s'empêchait presque de respirer, on se diluait dans cette source sur le point de tarir. Les religieuses, d'ordinaire si énergiques avec les malades, entraient sur la pointe des pieds pour ne pas troubler le sommeil de la bienheureuse. Profitant de l'intervention de l'une d'elles, maman, qui montrait des signes d'impatience, donna l'ordre du départ. Nous quittâmes la blanche agonisante sans un baiser d'adieu.

De retour à la maison, grand-père monta se réfugier dans le grenier. Depuis son installation chez nous, dans le cadre de sa mission d'aide humanitaire, il s'était attribué deux fonctions en dehors desquelles il ne fallait rien lui demander : les courses, qui lui prenaient la matinée (« Monsieur Burgaud » devint rapidement célèbre auprès des commerçants qui le félicitaient de son dévouement) et le rangement du grenier, initiative personnelle à laquelle il consacrait ses après-midi. Entendons : les courses pour être dehors, et le grenier pour avoir la paix. Il se chargea aussi d'une mission qui gâta son séjour et en précipita la fin : remplacer l'autorité parentale et parfaire l'éducation de Zizou, qui devint rapidement sa tête de Turc. Qu'elle ne pose pas ses coudes sur la table, ne mastique pas la bouche ouverte, ne heurte pas la cuiller dans son assiette, ne coupe pas la parole, attende qu'on la lui donne, et coetera. Murée dans son chagrin, maman ne se rendait compte de rien. C'est Nine, du haut de ses quatorze ans, qui, devant le martyre de sa petite sœur, prit les choses en main, convoqua grand-père et grand-mère le jour de la mort de la petite tante et leur signifia leur congé pour après l'enterrement. Si maman s'aperçut jamais de la présence de ses vieux parents auprès d'elle, elle se demande sans doute encore la raison de leur départ.

Les courses, c'était aussi pour grand-père un moyen de se fournir en cachette en friandises, lesquelles lui étaient déconseillées depuis qu'on lui avait trouvé un excès de glucose dans le sang, pas au point de le contraindre à une injection journalière d'insuline – ce qui nous fit toujours douter de son prétendu diabète – mais assez pour qu'il se résigne – et grand-mère y veillait – à remplacer les huit sucres de son café par des sucrettes à la saccharine qui ne lui procuraient pas du tout le même plaisir. Toute sa vie il s'était ainsi consolé à la manière des tristes. Autrefois, il achetait ses bonbons au détail, par cent grammes, et n'aurait laissé à personne le soin de les choisir à sa place. Il avait une adresse à Nantes – où l'appelaient ses fournisseurs –, rue de Verdun, près de la cathédrale, une épicerie vieillotte, sombre, une sorte d'anomalie coloniale datant des splendeurs troubles de la ville, bondée comme un entrepôt des Iles et où dominaient les odeurs de café en vrac, de thé et d'épices. Les bocaux de verre s'alignaient sur trois étagères dans l'entrée. Il était difficile d'arrêter son choix parmi l'extraordinaire variété de berlingots, bonbons au miel, menthols, caramels, gommes pectorales vertes, cailloux au chocolat, pistaches, violettes, pâtes à guimauve, réglisses, pastilles Vichy et autres. Grand-père rêvait de se servir lui-même en plongeant au cœur de ces merveilles la petite pelle de cuivre en forme de gouttière isocèle, mais les maîtres des lieux au teint farineux, confits dans leurs blouses grises, ne lui en laissaient pas le loisir. C'était leur tâche à eux et, de fait, ils avaient l'œil. Ils dosaient au jugé à quelques grammes près le poids exact et il leur suffisait de rajouter un bonbon ou deux pour obtenir l'équilibre parfait des plateaux de leur immense balance Roberval. Cette précision était la gloire de leur métier. Il eût été injuste de les priver de l'exercice d'un talent qu'ils avaient payé d'un siècle d'épicerie.

Grand-père ressortait avec ses petits sacs blancs soigneusement scotchés qu'il reversait, sitôt arrivé à Riancé, dans sa réserve, une boîte cylindrique aux motifs rococo dissimulée dans le haut du buffet, hors de portée de ses petits-enfants. Sa cachette n'était un mystère pour personne, mais elle faisait partie du rituel. Il attendait qu'on ait quitté la cuisine pour se servir : une pleine poignée pour la journée, qui caramélisait ses poches et mettait grand-mère en rogne. On entendait le bruit de la chaise tirée sur le carrelage. Plutôt que de modifier son rangement, il tenait à cette gymnastique de vieil enfant, manière comme une autre d'arrêter le temps.

Comme il ne pouvait fumer dans son atelier de tailleur encombré de tissus, qu'il avait les mains occupées à l'ouvrage, qu'au cours des essayages il coinçait des épingles entre ses lèvres, en compensation il suçait des bonbons. On pouvait entendre ce léger bruissement de salive, cette contraction de la gorge, tandis que son visage d'ivoire se concentrait sur l'aiguille. Il perdait alors cet air un peu arrogant qu'il avait la cigarette au bec et l'on voyait poindre dans ses petits yeux fendus comme une forme de résignation.

Mais ici, après la sieste, il gagnait le grenier. De temps en temps on interprétait un bruit sourd comme un meuble qu'on traîne, tel autre comme un petit éboulement, tel autre encore comme un bris de verre, et on s'inquiétait – mais le plus souvent on avait beau tendre l'oreille, il semblait s'être endormi. Grand-mère se montrait soucieuse : mais qu'est-ce qu'il fabriquait là-haut ? Elle redoutait qu'il eût déniché dans notre inextricable fouillis une autre île du Levant. On mourait d'envie de monter voir, mais le grenier nous était interdit. Non formellement, aucune instruction dans ce sens, mais grand-père en son domaine n'était pas un homme qu'on dérangeait. Son mutisme, cette façon de vous regarder sans voir, l'œil mi-clos derrière la fumée de sa cigarette, tissait autour de lui un périmètre de sécurité qui ne se franchissait qu'avec son assentiment. Il redescendait une heure avant le dîner, un fil de toile d'araignée dans les cheveux, de la poussière sur son veston, se brossait avec soin, refaisait entre deux ongles le pli de son pantalon (grand-mère lui avait suggéré en vain d'enfiler une tenue plus appropriée) et exigeait que nous nous lavions les mains en même temps que lui.

Un soir, à table, grand-mère se risqua à lui poser quelques questions sur ses activités là-haut. Il ne répondit pas directement mais demanda à son tour à maman si elle était au courant de cette histoire de Commercy. Maman leva la tête, étonnée qu'on puisse encore s'adresser aux morts-vivants. Grand-père n'insista pas. Un dimanche, pourtant, il entreprit Mathilde par-dessus la haie de lauriers entre les jardins. Elle fit de la main un geste qui effaçait dans l'espace quelque chose dont elle ne voulait plus entendre parler.

Sur quoi la petite tante mourut. On s'avisa qu'on était le 19 mars, la Saint-Joseph, comme si au cours de son périple inconscient elle avait épluché chaque jour le calendrier pour débarquer ce jour-là précisément qui unissait pour elle le neveu récemment disparu et le souvenir lointain de son frère.

Il soufflait le jour de l'enterrement un vent du diable. Les surplis se soulevaient en même temps que les jupes des femmes. Les enfants de chœur agrippaient à plusieurs la hampe de la haute bannière à larmes d'argent qui se tordait sous la bourrasque, s'enroulait, gonflait, tentait de s'arracher à son tuteur. En tête de la procession, le porteur de la croix fonçait dans la tempête comme un hallebardier, crucifix de bronze en avant. Le curé Bideau, ne pouvant plus retenir son étole au bras, l'avait nouée comme une écharpe autour du cou. Elle flottait derrière lui dans l'éclat de ses paillettes d'or. Le vent tournait les pages de son missel plus vite qu'il ne les lisait. De crainte de déchirer le fin papier Bible, il avait refermé son livre et improvisait ses prières. Les cantiques qu'il entonnait à tue-tête étaient emportés par une gifle de grand frais sur la route de Paris avant qu'on ait eu le temps de les reprendre en chœur. Le clergeot responsable du seau d'eau bénite avait déjà répandu la moitié du précieux liquide sur sa soutanelle. A l'arrivée, au moment de l'asperges me, on se partageait ce qu'il en restait, on trempait le goupillon pour la forme. Les hurlements du vent couvraient le piétinement du cortège, on avançait tête baissée, le souffle coupé, se fiant pour le chemin à celui qui vous précédait, préoccupé avant tout de ne pas s'envoler. Grand-mère et maman avaient ôté leurs voilettes, grand-père tenait fermement son chapeau à la main, d'autres couraient après un béret ou un foulard. Le corbillard tanguait, tiré par le cheval de monsieur Biloche, ses draperies noires claquaient, s'agitaient comme une nuée de corbeaux autour du corps. Dans le grand virage menant au cimetière, il manqua même de verser (ce fut son dernier voyage – après, c'est une ambulance qui mena les défunts). Biloche fils estima qu'on ne pouvait plus avancer sans mettre en péril la sécurité du mort. Il choisit trois hommes solides dans le cortège et ensemble ils empoignèrent le cercueil, le tirèrent hors du baldaquin et, après s'être consultés du regard, le hissèrent vigoureusement sur l'épaule avec une facilité qui les surprit. L'impulsion donnée au départ était trop appuyée pour ce poids plume et le coffre manqua de sauter comme à la fête des pompiers un volontaire sur le drap tendu. C'est donc à dos d'hommes, bien calée contre la joue de ses porteurs, en roulant peut-être dans sa boîte trop grande, que notre vierge Marie franchit le seuil de sa dernière demeure, comme une reine, l'âme rougissante que de si beaux hommes consacrent ainsi sur le pavois sa féminité timide.

Au retour du cimetière, grand-père regagna une dernière fois le grenier, le temps d'y retirer une boîte à chaussures qu'en descendant il tendait à maman avec quelques mots d'explication. Maman écouta d'une oreille lasse et, ne sachant où ranger la boîte, la déposa dans un coin du bureau où elle disparut bientôt sous les papiers. Le vieux couple chargea ses valises dans la 2 CV – rapide séance d'adieu sur le trottoir devant le magasin (moustache piquante de grand-père, plus douce de grand-mère), émotion dissimulant mal de part et d'autre un bon débarras, le sentiment d'un fiasco. La voiture avait à peine disparu dans le virage qu'on se précipitait au second juger des nouvelles dispositions du lieu.

De fait, on ne reconnaissait plus le grenier. Si l'on considère que l'ordre n'est qu'une variation algorithmique subjective du désordre, alors on peut dire du grenier ordonné selon grand-père que c'était la même chose qu'avant mais dans le désordre, c'est-à-dire qu'au chaos il avait substitué un autre chaos, avec cette différence pour nous que celui-là ne nous était pas familier. Sur les étagères où avaient été déposés au fil du temps de précieux déchets de civilisation, au point de constituer une sorte de relevé stratigraphique des générations successives et de leur élémentaire idée de survie, grand-père, en modifiant le spectre de cette accumulation, avait brouillé le temps, battu les cartes de notre Pincevent familial. Dans cette nouvelle donne, tous nos repères avaient disparu. Avec les mêmes éléments il avait composé un autre tableau, une autre histoire. Il faudrait s'habituer désormais à cette redistribution de la mémoire, au petit bonhomme de céramique bleu dans la cage à serin, au chapelet à grains noirs pendu au cou de l'ourson manchot pour lequel il avait manqué à papa le talent de cousette qui lui eût rendu le bras, aux chandeliers en bronze jouant les serre-disques pour une pile de

78 tours (un dénommé Bach y raconte des histoires de comique-troupier), aux revues en vrac dans le berceau d'osier développant sur cent années le même art immuable de la blanquette, au miroir brisé sur le plancher gris de poussière reflétant par morceaux les chevrons du toit, à cette chaussure orpheline posée sur un paquet de factures soigneusement ficelées et témoignant pour mille ans qu'elles ont bien été payées, à tous ces objets en soi réapparus sans légende : cette pipette en fer blanc, cet obus conique en laiton, cette espèce de chapeau chinois percé de petits trous comme une batée, cet outil serpentiforme, ce coffre en bois judicieusement compartimenté. Car le bouleversement ramenait à la surface non seulement des préalablement enfouis, des oubliés, mais aussi, apparemment, des inédits.

C'est ainsi que grand-père avait exhumé une série de portraits photographiques qu'il avait alignés face au fauteuil Voltaire à l'accoudoir brisé où il s'installait (en témoignait au pied un cendrier rempli de mégots), les classant non dans un souci généalogique mais en regroupant des familles de ressemblance, par affinités morphologiques, comme s'il avait cherché dans cette théorie de la réincarnation à retrouver la trace du passage de la vie, à saisir par ce fil rouge des similitudes une recette d'immortalité. Confronté à ces bribes de nous-mêmes éparpillées dans ces visages anciens pour la plupart inconnus, on ne pouvait nier être une partie perdurante de ceux-là. On reconnaissait dans les yeux de cette lointaine aïeule (un presque daguerréotype) les yeux intacts de Zizou et c'était troublant, cette transmission du regard à travers la mort.

Restait la boîte à chaussures. Cette passation solennelle, ces quelques mots secrètement murmurés, c'était clair : grand-père avait regroupé dans ce carton l'essentiel de ses trouvailles. On agita la boîte, elle ne tinta pas. Ne contenant pas d'or, elle nous apporterait pour le moins la preuve de quelque ascendance glorieuse.

Il y avait là des photos, des cartes postales, des lettres, une broche, un médaillon et deux cahiers. L'écriture du plus abîmé des deux, appliquée au début, se défaisait à mesure qu'on tournait les pages, jusqu'à devenir presque illisible sur la fin, quelques notes jetées qui se diluaient dans le blanc des dernières feuilles vierges. Sur les photos on reconnaissait les parents de papa : Pierre dans sa voiture ou en tenue militaire, Aline, massive dans un fauteuil, un petit chien blanc et noir sur ses genoux, ou jeune fille souriante. Tous les documents finalement se rapportaient à eux, à l'exception d'une image pieuse qu'on aurait mieux vue dans le missel de la petite tante. Mais, à y regarder de plus près, la prière au verso avait de forts accents patriotiques. Il y était question de la Grande Guerre, où Dieu avait choisi sans équivoque son camp – la fille aînée de l'Eglise. Avec un tel soutien, l'issue du conflit ne faisait aucun doute. Joseph s'en serait certainement réjoui, le frère aimé de Marie, mais une note manuscrite confirmait qu'il était bien mort à Tours, des suites de ses blessures, le 26 mai 1916. On déposa l'image funèbre sur le buffet, qu'on remplaça dans la boîte, sur une idée de Nine, par le dentier d'or et les deux alliances.

Qu'y a-t-il à l'intérieur d'une noix ? L'imagination s'emballe : la caverne d'Ali Baba ? Le bois de la vraie Croix ? La voix de Rudolf Valentino ? On la casse et l'avale. On apprend qu'elle contient oligo-éléments et vitamines, glucides et lipides, mais que la caverne d'Ali Baba est dans la tête de Shéhérazade, le bois de la vraie Croix dans l'arbre de la Connaissance et la voix de Rudolf Valentino dans le regard du sourd.

III

Les conciliaires byzantins qui débattaient du sexe des anges n'étaient pas loin, aux yeux de la petite tante, de passer pour des pornocrates. L'embarras de papa lui-même devant la maternité où nous avions garé la voiture, pendant que maman rendait une visite à laquelle les enfants n'étaient pas admis, quand il dut répondre à la question de savoir comment différencier dans ces petits tas de chair rose les filles des garçons ? Il hésita un moment, tapotant des doigts le bord de son volant, ce qui traduisait chez lui un certain agacement. Phallus, pénis ? Trop savant. Verge ? Gnangnan. Quéquette ? Infantile (un enfant n'est plus un enfant). Soudain, l'illumination – et, se retournant avec un petit sourire malicieux et gêné : « Le robinet. » Merveilleux papa pudique.

Il n'y eut pas d'autres informations sur la question, et donc beaucoup de travail plus tard au moment de la découverte de la double fonction du robinet. Pourtant cela suffit. La flèche a vibré un moment mais s'est plantée au centre exact de la cible. Cette aura de silence autour du ventre arrondi des mères, c'est aussi une manière de souligner l'extravagance de la nébuleuse qui nous rend

139

si prudents dans son approche, presque détachés, – au point que la vie semble à peine tenir à nous, et nous à peine à la vie.

Même si les sous-entendus affleurent parfois. Témoin, dans la boîte à chaussures le cahier de chansons d'Aline jeune fille (ce cahier appartient à, signé) où, parmi l'intégrale de Théodore Botrel, le barde breton de Paimpol et sa Paimpolaise, J'ai deux grands bœufs, et T'es bien trop petit mon ami (qui à seize ans faisait redouter d'être haut tout comme), on tombe soudain sur un objet de désir qui s'allonge et s'étire et n'est autre, vous l'aviez deviné, mesdames, qu'une jarretière, et ce quiproquo entretenu jusqu'au dernier vers arrachait sans doute en fin de banquet une sorte de soulagement collectif bien vite recouvert par Je sais une église au fond d'un hameau dont le fin clocher se mire dans l'eau.

Comment notre vieille Marie s'y prit-elle pour annoncer, à l'occasion des premières règles de Nine peut-être, puisque c'est elle qui le raconte, que les siennes occupèrent dans sa vie une parenthèse de huit années : de dix-huit (ce qui ne marquait pas une grande précocité) à vingt-six ans – fourvoiement de la nature dans ce corps chétif, comme pour offrir moins de prise aux élans amoureux, se vouant désormais à l'imitation des saints et l'enseignement des enfants : deux milliers de petites filles étalées sur cinquante ans, trois générations, autant de républiques, deux guerres mondiales, et elle priait encore avec ses élèves pour la paix en Algérie.

Son talent d'institutrice, c'est sa dette au Seigneur, son apostolat, qu'aucun figuier ne demeure plus sans fruit. C'est ainsi qu'elle apprit à lire, écrire et compter à une presque autiste, jeune femme à la quarantaine prostrée qui nous effraie un peu quand nous allons chez ses parents passer commande d'« un poulet pour cinq personnes ». Assise dans un coin sombre de la cuisine, entre mur et buffet, un gilet rouge posé sur ses maigres épaules comme une tunique flamboyante qui la consume, elle balance doucement la tête d'avant en arrière au rythme de ses pensées monocordes et du gémissement de l'osier. On dirait que son corps entier fait fonction d'horloge, qu'elle vit pour mesurer son temps de vie. Parfois elle resserre autour de la gorge le col de son gilet et frissonne comme sous le coup d'un grand froid intérieur. Son visage toujours penché se dissimule derrière la masse des cheveux qui accompagne en cadence son mouvement perpétuel. Ses pieds sont posés l'un sur l'autre, chaussés de pantoufles trop grandes, ses bas mal ajustés. Elle fuit les regards et répond d'un grognement à nos bonjours. Si la présence de sa maman n'est pas nécessaire à notre visite, elle enregistre la commande sur un cahier qu'elle extrait d'un tiroir du buffet, d'une écriture hésitante, laborieuse, qui a quelque chose de miraculeux, de ces démarches déhanchées d'anciens paraplégiques pour qui chaque pas est un arrachement au désastre, et, si elle ne tire pas la langue, il faut la voir ainsi : courbée sur sa page d'écriture, studieuse, permanente apprentie, extirpant les mots comme des nouveau-nés douloureux ensevelis dans l'épaisseur même de la feuille, presque couchée sur son bras gauche, qui forme avec l'écran de ses cheveux un rempart à nos regards, puis, sa tâche accomplie, sans qu'on lise sur sa face de perpétuelle absente quelque sentiment de gêne ou de victoire, elle referme le cahier, le replace avec le crayon dans le tiroir et s'en retourne tête basse à son fauteuil, signe pour nous de nous en aller, de l'abandonner à ses abîmes, ténébreuse plongée qui donne à l'allée de cèdres conduisant à la grand-route des allures de voie céleste. Et c'est vrai que d'autres fois elle rend convenablement la monnaie. Ses parents en étaient si fiers, si reconnaissants à la petite tante, qu'ils ne manquaient jamais de glisser dans le sac quelques œufs provenant de leur élevage.

Peut-être grisée par son succès, ou assurée de la bienveillance divine, la tante voulut exercer ensuite ses talents sur la petite Annie, mais elle dut cette fois capituler. La petite Annie, sans âge, à la grosse tête souriante et aux yeux bridés de sa Mongolie mentale, qui déambulait librement dans le bourg en blouse d'écolière, ses chaussettes blanches remontées jusqu'au genou, sa coiffure sage maintenue par une barrette, fière des jolis rubans grâce auxquels elle se décernait un prix d'élégance, répétant inlassablement à chaque passant qui s'enquérait de sa santé, comme un juif exilé loin de Jérusalem : « La petite Annie à Paris demain. » Et son vœu finalement exaucé, Paris où elle finit par regrouper la diaspora de ses chromosomes pour y mourir, au-dessus de la pâtisserie de sa sœur aînée, à Passy. Annonçait-elle encore aux gens des beaux quartiers qui n'ont peut-être pas notre indulgence qu'elle irait à Paris demain, tel ce nouveau venu qui cherche Rome en Rome et rien de Rome en

142

Rome n'aperçoit ? Paris était en effet le seul mot qu'elle identifiât, grâce à un subterfuge de la tante qui à la place du A dessinait une tour Eiffel, si bien que devant le monument grandeur nature la petite Annie fut sans doute la seule parmi les millions de visiteurs à lire le nom de la ville promise dans l'enchevêtrement des poutrelles.

Pauvre tante, on devine sur quel ton de petite fille à l'enjouement forcé elle dut s'immiscer dans la conversation, sans qu'on l'eût conviée, simplement fâchée qu'on ne s'occupât pas d'elle, avec son habitude d'avoir toujours sur tout son mot à dire. (Cela irritait papa, qui ne comprenait pas qu'elle eût aussi un avis sur tel joueur de football : rabrouée, elle se faisait malgré tout répéter son nom en prévision d'une prochaine discussion où elle en parlerait comme d'une vieille connaissance.) Mais ce jour-là le terrain n'est pas pour elle. Elle le redoute même comme une peste de l'âme, où sont abordés ce mode d'assemblage des corps et cette conception des bébés qu'une juste bonté de l'époque ne la força jamais à enseigner. Du moins se jette-t-elle courageusement à l'eau plutôt que de rester seule sur son île, en apportant ce qu'elle sait de la question, sa modeste expérience, cette humble pierre dans l'édifice de la connaissance – et, s'il n'y avait Nine, personne ne lui prêterait attention. Alors, devant le peu de succès de son intervention, la vieille tante répète comme une pièce importante à verser au délicat dossier de la sexualité que, quant à elle, à vingt-six ans le problème s'était trouvé définitivement résolu, ce qui, cette aménorrhée fatale, loin de la chagriner, était à l'entendre la meilleure chose qui lui fût arrivée – comme un bon débarras à l'encombrant rappel chaque mois de sa féminité, une sorte de grâce divine lui permettant, le corps et l'esprit purifiés, de bâtir sur les ruines de sa vie de femme son limpide destin de bienheureuse institutrice, pour la gloire du Très-Haut.

On la chinait bien un peu, s'étonnant qu'elle ne se fût jamais mariée. Elle prétendait qu'il n'avait tenu qu'à elle, que ses prétendants n'avaient pas manqué, sur lesquels elle gardait malgré notre insistance jalousement le secret. Mais, au vu de sa petite chair grise, on les imaginait si tristes, si peu avenants, qu'on comprenait qu'elle ait choisi de rester cette vieille fille mère immaculée de quarante enfants l'an.

Une seule fois on la surprit en flagrant délit de coquetterie, au mariage de papa et maman. Sur une photo du cortège, elle donne le bras à grand-père, pimpante dans une longue robe noire fourreau, un chapeau capeline incliné sur l'oreille, gants noirs, pochette noire, son petit visage chiffonné pointant glorieusement le menton, mais déjà toute blanche. Ce sublime chant du cygne en l'honneur de son neveu ne saurait effacer trente années de renoncement, d'oubli de soi. Elle a déjà cette allure générale de petite vieille qu'elle avait dû adopter l'année de ses vingt-six ans. Comment l'imaginer courant les magasins, arrêtant son choix sur une robe, et, gainée de noir face à son reflet dans un miroir, promenant ses mains sur ses pauvres formes ? Plus sûrement elle doit sa tenue à grand-père, qui habilla de fait une grande partie de la noce. Mais elle a l'air ravi, ne cherchant pas à se cacher du photographe, la tête penchée sur l'épaule comme nous l'avons toujours vue et gentiment moquée, car c'était vraiment elle, sa marque, si bien que plus tard, devant les femmes de Modigliani, nous avons été quelque peu désappointés que d'autres pour cette inclinaison tirent une gloire qui lui revenait à elle. Ce sursaut d'élégance, cette bouffée d'audace, une fois dans une vie ce n'est pas abuser. D'autant qu'elle se doute bien que les regards flatteurs, les marques d'intérêt, s'adressent, plutôt qu'à elle, à la tête du cortège. Elle sait bien qu'elle ne possède pas la distinction toute parisienne de grand-père, qui, à son bras, porte la jaquette avec ce maintien aristocratique qu'enseigne la proximité des maîtres. On la sent prête, au premier faux pas, à retrouver ses jupes informes, son cabas noir écaillé et sa maisonnette dans le jardin, et, la parenthèse de ce beau jour refermée, à reprendre le compte à rebours de son dernier flux menstruel, l'année de ses vingt-six ans. Et si pour une fois nous comptons avec elle au lieu d'affecter l'ennui devant ses histoires, nous avons la surprise, puisqu'elle est née en 1890, d'aboutir à l'année 1916, et, affinant nos calculs, à ce mois de mai où son frère Joseph expirait.

C'est cela donc qu'elle nous disait, lançant à la cantonade ses comptes cabalistiques. Cette longue et secrète retenue de chagrin, ce sang ravalé comme on ravale ses larmes, et par cette mort sa vie à jamais déréglée.

L'apparition des gaz de combat remonte à un an déjà, au nord d'Ypres, sur le front de Steenstraat, et c'est pourquoi on baptise la trouvaille ypérite. Elle ne rendait pas son inventeur si fier qu'on y attache son nom comme à Pasteur la pasteurisation et à Lecoq le gallium – de gallus, coq, et non cette sorte d'appellation gauloise dont s'offusquaient les chimistes allemands qui en représailles, cinquante ans après, dénommaient germanium la découverte à leur tour d'un corps simple métallique. Cette propension à annexer les noms de lieux, cet über alles, on aurait dû se méfier. Dans le secret du laboratoire, testant sur de petits animaux martyrs ses cocktails de chlore, le cruel employé du gaz – et, à l'horizon de ses recherches, les futurs camps de la mort – n'ignorait pas qu'il enfreignait les conventions de La Haye par lesquelles les pays habitués à en découdre étaient convenus, afin d'en réduire les coûts, de livrer la guerre suivante à la régulière, selon la mystique chevaleresque et la science du duel, version planétaire du Combat des Trente où l'on s'entretuerait sur le pré de trois départements, sans débord du périmètre de lice ni dommage pour la multitude des vilains que n'ont jamais concernés

146

ces joutes princières. Mais c'était en temps de paix, quand les bien-portants s'imaginent en malades raisonnables. Demandez à Joseph, les poumons brûlés, de ne pas hurler sa souffrance. Il y avait des mois que les trente étaient des millions, décimés, épuisés, colonie de morts-vivants terrés dans les boues de la Somme et de la Marne, lancés abrutis de sommeil dans des contre-attaques meurtrières pour le gain d'une colline perdue le lendemain et le massacre de divisions entières, pions déplacés sur les cartes d'état-major par d'insensés Nivelle, plan Schlieffen contre plan XVII, tête-à-tête de cervidés enchevêtrés figés dans leurs ramures. Les règles de la guerre, si précieuses à Fontenoy aux ordres du dernier des condottières, provoquaient dans cette querelle d'arpenteurs des bilans d'abattoir et une esthétique de bauge. La facture s'alourdissait. Le mérite du petit chimiste fut de proposer une bonne affaire : un kilogramme d'explosifs coûte 2,40 marks, contre 18 pfennings et de plus grands ravages son poids de chlore. Face aux milliards des maîtres de forges, en fermant les yeux, la victoire à trois sous.

C'est ainsi que Joseph vit se lever une aube olivâtre sur la plaine d'Ypres. Dieu, ce matin-là, était avec eux. Le vent complice poussait la brume verte en direction des lignes françaises, pesamment plaquée au sol, grand corps mou épousant les moindres aspérités du terrain, s'engouffrant dans les cratères, avalant les bosses et les frises de barbelés, marée verticale comme celle en mer Rouge qui engloutit les chars de l'armée du pharaon.

L'officier ordonna d'ouvrir le feu. Il présumait

147

que derrière ce leurre se dissimulait une attaque d'envergure. C'était sans doute la première fois qu'on cherchait à tuer le vent. La fusillade libéra les esprits sans freiner la progression de l'immense nappe bouillonnante, méthodique, inexorable. Et, maintenant qu'elle était proche à les toucher, levant devant leurs yeux effarés un bras dérisoire pour s'en protéger, les hommes se demandaient quelle nouvelle cruauté on avait encore inventée pour leur malheur. Les premiers filets de gaz se déversèrent dans la tranchée.

Voilà. La Terre n'était plus cette uniforme et magnifique boule bleue que l'on admire du fond de l'univers. Au-dessus d'Ypres s'étalait une horrible tache verdâtre. Oh, bien sûr, l'aube de méthane des premiers matins du monde n'était pas hospitalière, ce bleu qu'on nous envie, lumière solaire à nos yeux diffractée, pas plus que nos vies n'est éternel. Il virera selon les saisons de la nature et l'inclémence des hommes au pourpre ou au safran, mais cette coloration pistache le long de l'Yser relevait, elle, d'une intention maléfique. Maintenant, le brouillard chloré rampe dans le lacis des boyaux, s'infiltre dans les abris (de simples planches à cheval sur la tranchée), se niche dans les trous de fortune, s'insinue entre les cloisons rudimentaires des casemates, plonge au fond des chambres souterraines jusque-là préservées des obus, souille le ravitaillement et les réserves d'eau, occupe sans répit l'espace, si bien que la recherche frénétique d'une bouffée d'air pur est désespérément vaine, confine à la folie dans des souffrances atroces. Le premier réflexe est d'enfouir le nez dans la vareuse, mais la provision d'oxygène y est si réduite qu'elle s'épuise en trois inspirations. Il faut ressortir la tête et, après de longues secondes d'apnée, inhaler l'horrible mixture. Nous n'avons jamais vraiment écouté ces vieillards de vingt ans dont le témoignage nous aiderait à remonter les chemins de l'horreur : l'intolérable brûlure aux yeux, au nez, à la gorge, de suffocantes douleurs dans la poitrine, une toux violente qui déchire la plèvre et les bronches, amène une bave de sang aux lèvres, le corps plié en deux secoué d'âcres vomissements, écroulés recroquevillés que la mort ramassera bientôt, piétinés par les plus vaillants qui tentent, mains au rebord de la tranchée, de se hisser au-dehors, de s'extraire de ce grouillement de vers humains, mais les pieds s'emmêlent dans les fils téléphoniques agrafés le long de la paroi, et l'éboulement qui s'ensuit provoque la réapparition par morceaux des cadavres de l'automne sommairement enterrés dans le parapet, et à peine en surface c'est la pénible course à travers la brume verte et l'infect marigot, une jambe soudain aspirée dans une chape de glaise molle, et l'effort pour l'en retirer sollicite violemment les poumons, les chutes dans les flaques nauséabondes, pieds et mains gainés d'une boue glaciaire, le corps toujours secoué de râles brûlants, et, quand enfin la nappe est dépassée – ô fraîche transparence de l'air –, les vieilles recettes de la guerre par un bombardement intensif fauchent les rescapés. Seuls les très chanceux atteignent les lignes arrière. Joseph est de ceux-là – ou cueilli pas si loin qu'un anonyme grand de cœur ramène à couvert – mais son état inspire l'inquiétude : lésions profondes, amputation

149

probable d'un poumon. On le dirige sur Tours, ce qui n'est pas bon signe. Il voit qu'il se rapproche de sa maison, que pour lui la guerre est finie. Il trouve même la force d'acquiescer quand son mal fait des envieux. Les valides qui ne savent pas donneraient volontiers un poumon sur la promesse de ces femmes qui vont le dorloter.

Dans l'immédiat, on envoie un régiment de Marocains récupérer les positions perdues. Le gaz n'est pas encore dissipé, mais ces gens du désert ont l'habitude du vent de sable qui pique aussi les yeux et les bronches.

Le voyage est long jusqu'en Touraine. Le convoi se traîne pour ne pas trop malmener sa charge de souffrance. Les ambulances improvisées, les suspensions rudimentaires, les routes approximatives, les nids-de-poule arrachent des plaintes aux blessés. Joseph s'impatiente. Maintenant que nous savons où cela finit pour lui, il vaudrait mieux empiler les kilomètres jusqu'à l'infini, qu'ils retardent au plus loin son arrivée. Mais il souffre tellement. Chartres, Châteaudun, Vendôme – voilà, nous y serons bientôt.

Sous la fièvre, à des bribes de mots, des convulsions de terreur sur les visages, on reconnaît le ressassement halluciné de ces visions d'enfer, les corps à demi ensevelis, déchiquetés, écartelés sur les barbelés, bleus étourneaux suspendus dans la pantière à qui semble refusée l'ultime consolation de s'étendre, d'attendre la joue contre la terre humide la délivrante mort, animés de hoquets grotesques à l'impact des balles perdues, soulevés comme des pantins de paille par le souffle d'une explosion, décrivant dans le ciel haché d'éclairs un rêve d'Icare désarticulé avant d'étreindre une dernière fois la lise féconde, bouche ouverte en arrêt sur l'effroi, regard étonné pour tout ce mal qu'on se donne, tandis que le casque renversé se remplit d'une eau claire sauvée du bourbier, vasque délicate pour le jour des colombes. Mais les oiseaux ont déserté ce ciel tonnant ensanglanté de paraboles de feu. Il n'y a que les pauvres pigeons parfois, lâchés dans la tourmente bardés de messages secrets, sur qui se concentre le tir des soldats soulagés de participer soudain à ce qui n'est plus qu'une simple chasse à la palombe. De la tranchée adverse on entend leurs cris de joie, une clameur enfantine, quand le messager interrompu dans son vol chute pesamment, et on les maudit comme jamais à ce moment, parce qu'il apparaît tout à coup que c'était la solution au malheur que portait l'oiseau abattu.

Paysage de lamentation, terre nue ensemencée de ces corps laboureurs, souches noires hérissées en souvenir d'un bosquet frais, peuple de boue, argile informe de l'œuvre rendue à la matière avec ses vanités, fange nauséeuse mêlée de l'odeur âcre de poudre brûlée et de charnier qui rend sa propre macération (des semaines sans se dévêtir) presque supportable, avec le vent quand le vacarme s'éteint qui transmet en silence les râles des agonisants, les grave comme des messages prophétiques dans la chair des vivants prostrés muets à l'écoute de ces vies amputées, les dissout dans un souffle ultime, avec la nuit qui n'est pas cette halte au cœur, cette paix d'indicible volupté, mais le lieu de l'attente, de la mort en suspens et des faces noircies, des sentinelles retrouvées au petit matin égorgées et du sommeil coupable, avec le jour qui s'annonce à l'artillerie lourde, prélude à l'assaut, dont on redoute qu'il se couche avant l'heure, avec la pluie interminable qui lave et relave la tache originelle, transforme la terre en cloaque, inonde les trous d'obus où le soldat lourdement harnaché se noie, la pluie qui ruisselle dans les tranchées, effondre les barrières de sable, s'infiltre par le col et les souliers, alourdit le drap du costume, liquéfie les os, pénètre jusqu'au centre de la terre, comme si le monde n'était plus qu'une éponge, un marécage infernal pour les âmes en souffrance, la pluie enfin sur le convoi qui martèle doucement la capote de l'ambulance, apaisante soudain, presque familière, enluminée sous les phares en de myriades de petites lucioles, perles de lune qui rebondissent en cadence sur la chaussée, traversent les villes sombres et, à l'approche de Tours, comme le jour se lève, se glissent dans le lit du fleuve au pied des parterres royaux de la vieille France.

Joseph ne mourra pas. Sa sœur Marie a fait le voyage de Random à Tours avec une provision de médailles pieuses qu'à peine arrivée elle glisse sous les oreillers de son frère et de ses compagnons d'infortune. Elle a attendu pour cela que les infirmières en tablier blanc qui évoluent comme des ballerines russes entre les lits aient le dos tourné. Certaines qui ne croient qu'en la science et ses vertus cartésiennes colèrent contre ces gris-gris, un wagon de morphine ferait mieux l'affaire. Car la bienfaisante morphine est rare. Sollicitées de toutes parts, elles la dosent avec soin, la partagent selon d'empiriques coefficients : l'intensité des plaintes, la proximité de la mort. Quand elle vient à manquer, elles aimeraient se boucher les oreilles, crier plus fort que toutes ces douleurs accumulées. Cette guerre va trop loin. Tous sont d'accord, ce sera la dernière. Pour Joseph et des millions, certainement.

Au chevet de son frère, Marie s'est mise sans tarder au travail. Elle a sorti son chapelet, choisi dans son ciel le préposé aux souffrances – c'est le Christ Soi-même, même si les saints martyrs, dépecés, lapidés, ébouillantés, n'ont pas démérité – et rosaire après rosaire elle lui demande de prendre en supplément sur ses rudes épaules de charpentier ce sifflement qui sourd de la poitrine de son frère. En échange – elle cherche ce qu'elle pourrait bien donner, puisqu'elle n'a qu'elle –, eh bien, elle donne ce désir qui la nuit envahit ses entrailles, elle donne son sang de femme. Sang pour sang, le marché est honnête. D'ailleurs Joseph reprend des couleurs, se dresse bientôt sur son lit, réclame à manger. Le printemps est sur la Touraine, la Loire se gonfle des eaux de la fonte, dans un verre les derniers brins de muguet. Il évoque l'éventualité d'un retour prochain, feint l'entrain, taquine une fille de salle, promet sitôt guéri de l'épouser. Elle rit (c'est au moins sa vingtième demande), Marie un peu moins – son petit air pincé. Puis il se sent de nouveau fatigué, tousse un peu, désire se reposer. Il s'allonge, étend les bras le long de son corps, abaisse les paupières. Après cette brève rémission, les râles reprennent, la fièvre, les visions de ce théâtre d'horreur. Quand le soir tombe, le jeune homme au teint blafard entre en agonie. Cette fois, le médecin-major ne laisse plus d'espoir. La jeune promise passe régulièrement dans la pénombre, et doucement, pour ne pas gêner ceux qui dorment, pose un linge frais sur son front, remonte les draps sur sa poitrine, et, quand un accès brutal de toux le fait se dresser dans son lit, elle le prend comme un enfant dans ses bras et lui verse entre les lèvres une cuillerée de sirop. Au petit jour, alors qu'une blanche lueur inonde l'immense salle commune et qu'on entend dans le silence de l'aube le clapotis du fleuve, ses yeux ont une effrayante fixité. Arrivée la première, Marie en est saisie. On lui dit que ce n'est pas encore la fin

154

mais qu'il lui faut s'y préparer. Elle viendra en milieu d'après-midi sur un regard plus doux.

Maintenant Joseph annoncé mort – son nom sur une image pieuse et patriotique qui se vend 0 fr 05, pour les œuvres, à la cure de Commercy (sous-préfecture de la Meuse, spécialité de madeleines), sertie d'un mince bandeau noir, monument de tristesse à l'en-tête d'un titre de roman héroïque : « Les Champs d'Honneur », et au sous-titre d'une édition de gare : « Où coula à flots le Sang de France en 1914-1916 ». (La bataille dure encore. On annonce une brochure à paraître après la guerre sur tout ce qui s'est déroulé ici). Une grande croix noire, porteuse en son centre du monogramme du Christ, s'auréole des noms des régions tragiques : l'Artois, la Serbie, les Dardanelles, la Marne et la Meuse, la Lorraine et l'Alsace, l'Argonne, l'Yser, comme une couronne d'effroi qui dénombre sur la trame de rameaux d'olivier le sous-ensemble des communes martyres, à l'aune du charnier, si bien que Vimy s'écrit aussi gros que Lens, Dixmude qu'Ostende, Les Eparges que Nancy. Que cette image rappelle à tous la gratitude que nous devons avoir envers Dieu pour la bataille prodigieuse de la Marne et, depuis, la solidité de notre front. Et si la bataille, comme il est écrit, tint à ce point du prodige, c'est-à-dire de la croix de Clovis dans le ciel de Tolbiac, de sainte Geneviève délivrant Paris, Jeanne d'Arc Orléans et Léon Ier obtenant du Vandale Genséric la vie sauve pour les habitants de Rome, c'est peut-être que Dieu était aussi avec nous, Père navré de voir ses fils user ainsi de leur liberté, gardant pour chacun la même pitié, le même amour désolé.

155

Pieux souvenir des héros, notamment de – inscrire à la suite le nom, petit ruisseau qui conflue vers la grande rivière rouge, la cloaca maxima, la louve menstruelle –, ce dont se charge de son écriture irréprochable sa sœur Marie, alors jeune institutrice, qui perd deux frères dans l'histoire (l'officielle, pour une fois que celle-là interfère avec la nôtre, la laissée pour compte) et ajoute dans la marge, car il n'y a de place que pour le nom et il faut qu'il soit court (c'est un formulaire pour roturiers, pour la piétaille, celle qui s'allonge sur les monuments aux morts sculptés sur le mode de la déposition, écrasant les colonnes de noms d'une certaine idée républicaine du salut) : « Agé de 21 ans, blessé en Belgique, décédé à Tours, le 26 mai 1916 ». Et ce court commentaire sauve Joseph de la longue nuit amnésique.

Entre ces deux bornes, dans cet intervalle en pointillé, la tante installe à l'encre violette passée par le temps le mystère à élucider d'une vie qui s'achève. Vingt et un ans. On sait, puisqu'elle nous l'apprit, qu'à quatorze La Pérouse commandait déjà une frégate, si bien que sept ans plus tard il avait sans doute la mémoire d'un vieux fendeur d'océan, mais Joseph qui quitte son village pour mourir et ne vit qu'un paysage dévasté, et du voyage que la promiscuité des wagons à bestiaux et la bâche d'une ambulance au-dessus de ses yeux malades, Joseph sans le plaisir d'une femme peut-être, Joseph catapulté au milieu de l'enfer des hommes. Joseph bien jeune pour cet acte majeur, « Joseph mourir » le 26 mai 1916, ainsi qu'elle l'écrit.

156

Un an plus tard, c'était au tour d'Emile. Cette année d'écart aura séparé les deux frères sur l'interminable liste du monument aux morts : Joseph dans la colonne des victimes de 1916, Emile dans celle de 17, comme exilés l'un de l'autre, au point que leur parenté, pour le curieux qui note l'homonymie, semble s'affaiblir en un simple cousinage – alors que leurs deux noms accolés les auraient réunis dans la mort, vision de deux frères tombés côte à côte, balayés par la même explosion, définitivement jumelés par le souvenir. Cette seconde mort, sur laquelle elle n'avait plus que ses larmes à verser, Marie en partage la douleur avec Mathilde, la jeune veuve, mère du petit Rémi que son père découvre lors de la courte permission accordée pour la naissance de l'enfant. Entrant en tenue de soldat dans la chambre, à la tombée de la nuit, il s'approche sans bruit du berceau, se penche avec précaution pour ne pas verser sur cette petite chose endormie les tumultes de la guerre – abasourdi de joie soudain par ses minuscules poings serrés sur des songes blancs, ses cheveux d'ange, le trait finement ourlé de ses yeux clos, le réseau transparent de ses veines, l'inexprimable fraîcheur de son souf-

157

fle qui trace sur la main meurtrie d'Emile comme
une invitation au silence. Soulevant le voile de
mousseline, Mathilde présente son œuvre à son
grand homme. Car elle le voit grand dans sa triste
tenue de combat qui sent la sueur, la poussière,
l'infortune des armes. Elle lit dans ses traits durcis,
dans les plis inédits de son visage autour de sa
bouche et sur son front, l'âpreté de sa vie là-bas,
ce courage permanent qu'il puise dans ses entrailles. Elle n'ose lui parler des privations de l'arrière,
à lui qui est privé de tout, des rudes tâches
d'homme à accomplir, des décisions à prendre
seule, de sa lassitude, de ce Noël insipide sans lui,
de la petite crèche malgré tout sur la commode
avec son papier d'emballage qui imite la montagne
et fait de ce coin de Palestine une espèce de site
magdalénien. Elle se sent pleine de reconnaissance
et de pitié. Posant une main sur sa nuque, elle
avoue ce manque cruel de tendresse qu'il partage
avec elle, tandis que, levant la tête du berceau, il
s'enivre du doux parfum de la femme poudrée. Elle
a tellement attendu qu'elle n'est plus certaine de
reconnaître en cet homme celui dont elle guettait
désespérément le retour. Elle se demande maintenant à le contempler près d'elle si elle n'a pas vu
trop grand pour son tricot, quand elle essayait, en
refermant ses bras sur elle dans une étreinte fictive,
d'évaluer de mémoire le torse de son mari, avec cet
emplacement pour poser sa tête à elle, ce creux
tout exprès contre l'épaule qu'elle cherche de son
front à présent pendant qu'il retire une à une les
épingles de ses cheveux avec l'habileté d'un cher-
cheur de poux, les déposant sur la table de chevet

158

où elle saura les retrouver demain matin pour sa toilette, après qu'il lui aura passé l'enfant qui se réveille et pleure jusqu'à ce que, couché sur sa mère, il se mette à téter goulûment, des larmes de lait coulant de sa bouche. Une fois rassasié, son père l'élèvera très haut à bout de bras dans le pâle rayon du jour, au risque d'une envolée blanche qui tachera l'uniforme de drap bleu étalé sur la chaise. Mais Emile n'en a cure. Il éprouve désormais un formidable sentiment d'invulnérabilité pour les combats à venir, sûr comme un danseur de l'esprit de passer à travers la mitraille, bardé du souvenir de cet enfant victorieux, né un 2 décembre, jour commémoratif d'Austerlitz et du Sacre, un signe d'on ne savait trop quoi mais que Rémi ne manquait jamais de rappeler à chaque anniversaire, se saupoudrant au passage d'un peu de poussière d'empire, si bien qu'à force l'ultime baiser d'Emile à son fils avant de repartir au front et d'y mourir s'est confondu avec les adieux de Fontainebleau dans une chambre tapissée d'abeilles.

Emile n'était pas là pour ses funérailles. Des années, Mathilde se recueillit devant une tombe vide. Son mari était mort pourtant, on avait bien identifié son corps, mais sur la fin la bataille était si terrible que la trêve des brancardiers n'était même plus respectée. La préparation du terrain à l'artillerie lourde avant une attaque d'envergure s'étalait sur huit jours parfois, huit jours pendant lesquels tombait dans le périmètre à réduire de quoi rayer un pays de la carte. Les malheureux, terrés à ne pas bouger une oreille, assourdis par le vacarme, ne pouvaient tendre un bras pour se saisir d'une gourde, jeûnant des jours avant que ne passe la cantine (ces héros sans armes qui progressaient dans les boyaux porteurs d'une gigantesque marmite à ne pas renverser, les musettes pleines de pain), dormant éveillés dans un repli du sol, assurés que le monde jusqu'à la fin ne serait plus que ce foyer de l'horreur. Les cadavres abandonnés s'enlisaient peu à peu dans la glaise, glissaient au fond d'un entonnoir, bientôt ensevelis sous une muraille de terre. On trébuchait pendant un assaut sur un bras à demi déterré, un pied, et, tombant le nez sur le nez d'un cadavre, on jurait entre ses dents – les siennes et celles du mort. C'était une fâcheuse invite, ces crocs-en-jambe sournois des trépassés. Mais on en profitait pour arracher autour du cou les plaques d'identité, sauver ces masses anonymes d'un futur sans mémoire, les ramener à l'état civil, comme si le drame du soldat inconnu était moins d'avoir perdu la vie que son nom. C'est sans doute ainsi qu'on avait annoncé à sa femme qu'Emile était mort, son corps enfoui dans le secteur des Hauts-de-Meuse. Et si Emile avait égaré sa plaque et qu'un autre l'eût ramassée ? S'il l'avait échangée avec un camarade pour un arrangement secret ou pour brouiller l'esprit d'un caporal obtus ? Mort vraiment, Emile ?

Des prisonniers revenus de très loin, des années parfois après la fin de la guerre, maintenaient l'espoir en sursis. Selon certains témoignages, de plus ou moins amnésiques avaient refait leur vie sur le front de l'Est. De simples journaliers avaient trouvé dans le regard bleu d'une Polonaise les quelques arpents de terre qu'ils ne possédaient pas ici.

Pour les sans-dot, la patrie était moins reconnaissante que ces femmes seules en quête de bras vaillants. On racontait des histoires de soldats affamés, errant au milieu de landes désolées, et recueillis par des marieuses à l'affût. Un copieux sandwich et un peu de chaleur suffisaient parfois à retenir ces tragédiens malgré eux. Mais qu'aurait eu besoin Emile d'aller chercher ailleurs ce qu'il avait ici ?

L'espoir insensé d'un retour s'amenuisant au fil des années, Mathilde trouva momentanément un réconfort dans le secours de la religion, non comme l'eût souhaité sa belle-sœur mais à sa manière, plus temporelle, c'est-à-dire, selon la rumeur, dans la fréquentation d'un séduisant abbé. Ce serait cependant bien s'avancer que d'imaginer de furtives étreintes. Tout au plus prennent-ils plaisir à converser, broder ensemble sur le thème commun de leurs solitudes – bavardage tendre qui se suffit à lui-même comme un amour étale. Après tout le Nazaréen aussi était beau garçon : ce sont les femmes qui défient le sanhédrin et la loi romaine, ce sont elles les premières au tombeau, et, en récompense de cette fidélité, à elles la primeur de la Résurrection. Paul de Tarse écrit de belles lettres qui font l'admiration de tous, mais, qu'il débarque à Ephèse ou Corinthe, plus personne ne veut écouter ce nabot bégayant. L'abbé avait reçu du ciel une face d'ange dont il usait pour ramener au troupeau les brebis égarées. En ouvrière de la première heure, la tante Marie nourrissait pour celles-ci une férocité toute jacobine, dont pâtissaient les pétunias de Mathilde.

La lettre de Commercy mit dix ans à venir

jusqu'à nous. Elle marqua pour Mathilde la fin de sa jeunesse, ce moment d'abdication où, si l'on s'autorise encore à rêver, c'est en s'interdisant désormais d'imaginer que la rêverie débouche un jour sur le réel. Dès la formule de condoléances, on comprend que rien de ce qu'on espère vraiment n'arrive jamais, qu'il n'y a pas de miracle, pas d'histoire de Polonaise aux grands yeux mettant le grappin sur un galant petit Français, pas d'amnésie provisoire, mais qu'Emile est bien mort. Simplement, son camarade signale l'avoir enterré de façon sommaire au pied d'un eucalyptus, où il saurait le retrouver si la famille se montrait désireuse de ramener le corps parmi les siens – ce qui avait été, semble-t-il, le désir du mourant et la raison de cet escamotage, pour éviter une inhumation collective ou la lente décomposition sur le champ de bataille. Mais il y a déjà plusieurs lignes que la vue de Mathilde se brouille, et sur un clignement de paupières une ribambelle de larmes s'affale sur le papier. Ce n'est pas tant la confirmation de cette mort qu'elle a de toute façon apprise il y a douze ans maintenant, mais ce trait final qui clôt l'attente, cette porte qui se referme. Elle fait le compte de son bonheur au cours de sa jeunesse enfuie, et le bilan est si pauvre, si maigre : voilà bien de la peine pour bien peu de profit.

L'hiver 1929 fut parmi les plus terribles recensés. Le 2 février, un ivrogne fut retrouvé gelé debout contre un arbre (*Le Courrier de l'Estuaire*). Le 5, la Brière, le second marais de France après la Camargue, un ancien golfe parsemé d'îles comblé par les alluvions, se vitrifia en une nuit. Les ragondins, ces espèces de racoons des Appalaches introduits dans le marais au début du siècle pour apporter par leur fourrure un complément de revenus aux Briérons, furent surpris le corps à moitié pris dans la glace alors qu'ils tentaient de s'extraire de leurs terriers immergés dans les berges (*La Presqu'île de l'Ouest*). Le 8, dans le port de Saint-Nazaire transformé en Anchorage, un caboteur sombra sous le poids de la neige accumulée sur le pont. Les docks et les plages étaient jonchés de cadavres de mouettes et de goélands, petits corps blanc sur blanc, la tête repliée sous l'aile dans une ultime recherche de chaleur. La Loire charriait des glaçons, l'un si volumineux qu'il manqua de couler une drague à hauteur de Saint-Florent – la chance voulut que ce Titanic d'eau douce s'échoue sur un haut-fond sablonneux. Des congères se formèrent bientôt, paralysant le pays. Les trains ne circulaient plus, les locomotives équipées comme des chasse-neige s'épuisant à déblayer le ballast. A cet excès de nature, les miséreux à leur habitude payèrent le prix fort : les cherche-pain saisis par la mort blanche au creux d'un fossé ou dans un baraquement de fortune, les vieillards isolés et les enfants chétifs, les chiens errants et les mésanges.

C'est dans ces conditions polaires que Pierre se mit en route, malgré les protestations d'Aline qui lui conseillait d'attendre des jours meilleurs, estimant que, là où il était, Emile ne risquait pas de s'envoler (on imagine la stupeur des femmes accourues au tombeau ce matin de Pâques et qui ne trouvent dans un coin, au lieu du corps béni, qu'un petit tas de bandelettes). Après avoir vainement tenté la voie administrative, s'être épuisé en démarches légales, excédé, Pierre avait décidé qu'il irait chercher lui-même son frère au pied de l'arbre. Il ne se sentait pas d'humeur à remettre au lendemain son départ, quel que soit le temps, mais avant, ah, une recommandation expresse : il était bien entendu qu'il voyageait pour son commerce, son commerce uniquement, et pas un mot, pas une allusion sur la véritable nature de son déplacement, que cela reste entre nous. Et le 5 au matin, sourd aux supplications d'Aline, il prenait la direction de Commercy via la Loire jusqu'à Orléans et de là, profitant de la rampe de lancement du fleuve, vers Montargis, Sens, Troyes, Bar-le-Duc.

Au dos de la photo d'un beau noir et blanc qui immortalisa l'événement on reconnaît l'écriture d'Aline, celle de son cahier de chansons. Elle a noté, laconique, maintenant que tout danger est écarté :

164

5 février 1929, départ pour Commercy. Pierre est au volant d'une voiture énorme, presque un autobus, sans doute nécessaire à son commerce de faïences en gros. La conduite est à droite, mais rien d'anglaise, simplement l'époque redoutait moins ce qui venait en sens inverse que de verser dans le fossé. Il pose le coude sur la vitre baissée, visage tourné vers le photographe, visiblement content de lui, car il sait que des automobiles semblables ne courent pas les rues, et bien moins encore les rues de la commune, peut-être est-ce la seule, signe d'une affaire prospère – d'où l'allure de notable, lunettes cerclées et moustache grisonnante légèrement frisée. Il s'est équipé contre le froid : chapeau, manteau, gants, cache-col.

Debout près de la portière, grande et massive, coiffée d'un chapeau cloche bien enfoncé, Aline s'emmitoufle de son mieux dans un petit col renard qui lui mange le nez. Elle fait montre de quelque élégance dans son manteau cintré. Pour lutter contre le vent froid qui soulève les poils de son écharpe fourrée, elle se frotte une jambe contre l'autre, si bien qu'au moment du déclic elle repose en équilibre sur la pointe d'un pied, véritable défi à la pesanteur. Elle a un air sombre, inquiet, réprobateur devant ce Pierre comme un enfant au volant de son char mirobolant. Elle sait pourtant que rien ne pourrait l'arrêter – et en cela Joseph tient de son père. Mais le fils justement est absent du cliché. Peut-être est-ce lui qui prend la photo.

« Comme je te l'avais promis, ma chérie », c'est par ces mots que Pierre entame la première page de son cahier de route, et l'on comprend que la

165

promesse d'un compte rendu fidèle fut pour lui un moyen de monnayer son départ. Il relate les plus petits incidents de son voyage : comment, souffrant du froid, il profite de chaque arrêt pour poser les mains sur le capot brûlant du moteur, le radiateur qui fume, un pompiste irascible, un chat noir qui traverse la route et dans lequel il voit un mauvais présage – ce qui semble se confirmer puisque le lendemain, traversant la Beauce ou la Brie (« un désert blanc »), un écart pour éviter une poule le conduit après une embardée sur le verglas au fossé. Il remercie les deux bœufs qui l'en tirent et partage une bouteille de vin avec le paysan, lequel refuse d'un grand geste outragé l'éventualité d'un dédommagement. Ce cahier est aussi un livre de comptes. Pierre tient à bien montrer que ce périple n'est pas un voyage d'agrément. Il choisit les auberges sur la modestie de leur façade, déjeune le midi sur le pouce, même s'il s'autorise le soir un menu plus consistant, nous donnant à choisir en même temps que lui entre un pot-au-feu et une volaille rôtie. Lui se régalera du pot-au-feu qui n'atteint quand même pas, rassure-t-il, la saveur de l'incomparable pot-au-feu maison.

Il roule prudemment à travers la campagne enneigée, signale l'état des routes, décrit le paysage, ses transitions, l'apparition des haies, des collines, le changement de cultures, les régions boisées, comme un cours lapidaire de géographie en coupe. A Sens, il s'extasie longuement devant la cathédrale Saint-Etienne, recopiant sans doute un descriptif affiché dans l'entrée, mais son enthousiasme est tel qu'on se demande si l'édifice n'évoque pas aussi

pour lui, par ses « proportions majestueuses »,
l'épouse qu'il vient de quitter. Il relève au passage
les quincailleries, les magasins d'articles de ménage,
s'arrête quelquefois dans l'un (prendre des idées,
dit-il), se hasarde à donner un avis négatif sur la
mode des bas peints à Troyes, classe les villes selon
leur degré de propreté. En rase campagne, il note
les variations de la lumière, une éclaircie, les reflets
bleus du givre, les branches dans leurs gaines de
diamant. Tout ce blanc l'aveugle : il colle alors sur
ses verres de lunettes des papiers colorés transluci-
des de bonbons acidulés, s'en amuse : un clown
dans son rétroviseur. Il s'émeut d'un mendiant
égaré, chemineau à moitié mort de faim et de froid
qu'il conduit à la ville la plus proche en glissant
quelques sous dans sa poignée de main, mais traite
de tous les noms une troupe de romanichels transis
dont le lent cheminement des roulottes le contraint
à rouler au pas de leurs chevaux.

Il évoque ses frères tués, celui qu'il va retrouver
sous son eucalyptus et qui n'aura serré qu'une seule
fois le petit Rémi dans ses bras, rappelle leurs tourments communs à tous les trois pendant cette
guerre effroyable. Il ne résiste pas à un détour par
Verdun, et à Lemmes, sur la Voie sacrée, s'arrête
devant un petit café-restaurant où communient
dans le même souvenir des rescapés comme lui,
indemnes ou terrifiantes gueules cassées. Tous ces
pèlerins de leurs douleurs se reconnaissent sans un
mot, Allemands compris, se saluant d'un signe de
tête avant de s'asseoir, ne parvenant pas à s'arracher
de ce paysage balafré où la valeur symbolique de
leur existence a été portée à un si haut niveau que

167

depuis elle n'a plus la même saveur. Près du café, il y a une baraque de souvenirs tenue par une moitié d'homme (dans le sens de la hauteur). Celui-là ne se plaindrait pas de la perte de sa jambe s'il ne lui manquait aussi le bras correspondant qui lui permettrait de s'appuyer sur une béquille. Sa femme le dépose le matin et il attend là, droit comme un « i », qu'elle repasse le soir. Histoire de lui acheter quelque chose, Pierre acquiert pour sa sœur quelques images pieuses, imprimées au temps des combats. L'une d'elles provient de Commercy.

Mais surtout ses pensées vont à sa femme, pensées filigranes, mots tendres en incises qui, à mesure de son éloignement, envahissent le récit jusqu'à cet affleurement brutal du côté de Bar-le-Duc, dans une triste chambre d'hôtel, où il livre en bas de page ce coda, vulnérable comme un désir d'enfant, qu'elle lui manque infiniment – « infiniment » souligné plusieurs fois, le mot soudain si juste, comme si l'infini se mesurait à l'aune de cette femme gigantesque et qu'il suffise de sa présence pour que soit comblé le vide de nos vies. Et par cet aveu, en même temps que la tapisserie passée de la chambre, le broc de faïence dans sa cuvette et la carafe d'eau sur la table de nuit, on partage en un éclair le désir immense de Pierre pour cette femme sans grâce.

La hâte désormais avec laquelle il accomplit la suite de son voyage. Il ne flâne plus, ne prend même plus la peine de bien former son écriture, abandonne le style fleuri et appliqué du bon élève pour des formules rapides – tout entier à la réalisation de son projet. Bien entendu, l'eucalyptus n'était plus, trop incongru sous ces latitudes, mort un hiver après des années de résistance têtue, et abattu, par chance reconnaissable et qui sera reconnu à sa souche blanche par l'auteur de la lettre, lequel s'étonnait seulement d'avoir attendu si longtemps une réponse. Et, après les présentations, le récit des derniers instants d'Emile, tous deux, munis de pelles et de pioches, partent à la recherche de l'arbre austral – forêt de Commercy, crissement feutré de leurs pas dans la neige.

Au pied de la souche, le sol est gelé en profondeur. Les pics résonnent sous la futaie. L'ébranlement se communique aux branches qui libèrent sur leurs épaules des pincées de poudre blanche – et, après de longs efforts infructueux, il apparaît que seul le dégel viendrait à bout de cette résistance. Le dégel, c'est une manière de saint-glinglin, que Pierre ne peut attendre. Alors l'autre a une idée. Les deux hommes retournent rechercher une lessiveuse, la remplissent de neige, l'installent sur un foyer improvisé nourri de branches mortes, puis déversent sur le sol glacé l'eau bouillante, attendent un moment, entreprennent de dégager cette boue chaude, et peu à peu, en paléontologues prudents, parviennent à l'inhumé. Et sur cette apparition du corps qui pourrait presque s'apparenter à un graal, Pierre dit simplement qu'il eût été difficile de reconnaître son frère dans cette forme vaguement humaine décomposée par l'acidité du sol, l'humidité et l'écart entre les saisons : fragments de vareuse, boucle intacte du ceinturon, lambeaux de peau habillant à peine la face et les mains, l'ensemble pris dans sa gangue de terre glacée – et, pour le dégager, pas d'autre ressource que de continuer

169

à verser sur ces pauvres restes d'une vie, comme sur un assiégeant, l'eau d'une seconde tournée de la lessiveuse, avec cette conséquence – et, quand l'abondant nuage de vapeur au-dessus de la petite fosse s'est dissipé, il est trop tard – que dans le magma brûlant les derniers morceaux de chair se sont détachés. Les os rendus à leur impeccable blancheur, ils vont les retirer un à un maintenant, les plongeant dans la lessiveuse pour parfaire leur toilette, les disposant dans un ordre soigneux, au plus près anatomique, sur la neige, et bientôt, ô stupeur, ils comptent plus de tibias qu'il n'en faut, deux cages thoraciques, et à présent un second crâne, et l'autre, embarrassé sous le regard ahuri de Pierre, se rappelle qu'il a profité du trou creusé pour y enfouir un second cadavre qui pourrissait à proximité, et le problème désormais insoluble, tous ces os inidentifiables maintenant qu'ils sont délestés de leurs ultimes bribes de peau : des deux, lequel est Emile ? Et Pierre, dans son découragement, hasarde un geste dérisoire : puisque son frère et lui avaient le même tour de tête, il essaye sur les crânes son chapeau, mais ils sont si cabossés, ces crânes, et puis il manque le cuir chevelu, et Pierre se recoiffe après avoir essuyé l'intérieur de son feutre. Il est un moment tenté de jouer les deux cadavres à pile ou face (le point de vue de Simon de Mont-fort : Dieu reconnaîtra le sien). Pourvu qu'il ait un squelette complet – puis, à la réflexion, de choisir plutôt le second exhumé, car il déduit que le corps de son frère fut sans doute déposé en premier, mais l'auteur de la lettre n'est pas aussi formel, il se demande s'il n'a pas d'abord poussé au fond du

170

trou le plus décomposé, sur quoi Pierre, de peur à ce jeu de probabilité de perdre le corps de son frère, conclut que le problème ne se pose plus : il emporte le tout.

Ils reviendront plus tard avec des caisses de madeleines que l'autre, employé à la fabrique, détourne pour ses lapins. Des cercueils sont impensables : il faut une autorisation à chaque département traversé, et, si le cas d'Emile est déjà compliqué, comment expliquer son jumeau de fosse ? Ils y rangent les os au mieux pour qu'ils ne bringuebalent pas trop, les isolent avec de la paille comme pour une vaisselle fragile, chargent les boîtes dans la voiture, les dissimulent sous une couverture, puis, mission accomplie, Pierre annonce qu'il rentre sans tarder. Dès lors il roulera d'une traite, conduisant à vive allure sur les routes enneigées, manquant cent fois d'aller au fossé, contournant les grandes villes par les voies secondaires, profitant du vide créé par les intempéries, de sa solitude au milieu de ce monde blanc, pour masquer son forfait, ne s'arrêtant que pour se ravitailler et dormir une heure ou deux sur le bas-côté, et noter en style télégraphique, le carnet en équilibre sur le bord de son volant, le récit de l'exhumation. Et sur le reste nous n'en saurons pas davantage. Celle qui l'a fait courir si vite aura l'exclusivité de ce final haletant.

A la mort de Mathilde, quand on ouvrit le caveau, le fossoyeur fut surpris de découvrir ces petits ossuaires tapissés de réclames de madeleines. Mais c'était Yvon dans sa phase terminale : ce fut un jeu d'enfant de le convaincre qu'en ce

171

temps-là la guerre causait tant de ravages parmi les combattants qu'on manquait de planches pour les ensevelir.

IV

A la Toussaint de l'an 40, grand-père accompagnait au cimetière sa fille Marthe, dont le premier-né repose sous un parterre de gravier blanc, minuscule vaisseau-fantôme emporté sans repérages dans les brumes de l'au-delà, planté d'une croix d'albâtre portant à l'intersection de ses branches une tête d'angelot sur deux ailes de moineau. Et sous le ciel gris de novembre, tandis qu'ils remontent en se donnant le bras l'allée latérale bordée de tombes liliputiennes, grand-père demande à sa fille quelle disparition pleure cet homme là-bas aux faux airs de Léon Blum, accablé, devant une tombe de granit gris, soutenu par un grand jeune homme à lunettes qui tente de l'arracher à ce pouvoir d'aimantation de la pierre couchée. Et Marthe, familière de Random, évoque la grande Aline morte au cours de l'été qui tenait le magasin de faïences à côté de l'église, la douceur de sa voix et le drame de ses enfants mort-nés, sa taille imposante et la mâchoire d'or, et cet homme effondré est son mari, et le jeune homme charmant qui dépasse tout le monde, leur fils Joseph, ce dernier-né qu'ils n'espéraient plus, et la petite dame aux cheveux blancs qui les rejoint à pas pressés, la tête dans les épaules,

175

sourcils froncés, est la plus formidable institutrice de Loire-Inférieure.

Un an plus tard, à cette même Toussaint, le jeune homme est seul devant la tombe de granit. Le sosie de Blum n'aura pas traîné, pense grand-père, que cette hâte à rejoindre l'épousée stupéfie. Il cherchera bien plus tard à en percer le secret, accumulant dans une boîte à chaussures les pièces à conviction : lettres, photos, cartes du front et ce manuscrit du voyage à Commercy, cette longue confidence de l'époux à celle qu'il n'avait jamais quittée que pour le temps de la guerre, comme si le véritable objectif de ce périple n'avait été que de s'éloigner assez d'elle pour reprendre la tendre correspondance des années terribles, lui avouer ce que seul l'écrit sans confusion peut avouer, retrouver cette émotion fraîche de l'absence, accumuler de la distance pour s'élancer de plus loin et plus fort vers elle. Enfermé dans son grenier, exhumant les traces fossiles de cet attachement, grand-père retournera longtemps entre ses mains la photo de Pierre au front, en bandes molletières et costume bleu horizon, engoncé dans une vareuse raide de crasse, le fusil crosse à terre tenu par le canon, les verres de ses lunettes presque opaques, le casque incliné d'une pichenette qui lui donne un air un peu faraud, à moins que ce travers ne résulte de la bourrade d'un camarade. Derrière lui, suspendues à une cheville fichée dans le flanc de la tranchée, une gourde et une musette à grenades, et, dans une absidiole aménagée, une petite sainte Vierge où il faut sans doute voir la patte de sa sœur Marie. Le temps de se mettre en place, il a posé sa pipe sur un banc improvisé. Du fourneau monte un mince filet de fumée qui ne donnera pas, ce signe indien, grande indication à la tranchée adverse. D'ailleurs, en face, ils fument aussi, écrivent à leur famille, et maudissent l'état-major qui, par un ordre brutal, les replongera incessamment dans la souffrance et la boue. La levée de terre est à peine plus haute que lui. S'il ne sort pas le nez, il n'a rien à craindre d'un tireur d'élite. Il mesurait un mètre soixante-dix et, note son livret militaire consigné lui aussi dans la boîte à chaussures, avait les yeux roux. Roux ? Grand-père se dit qu'à travers de tels iris toutes les épouses ont sans doute ce beau hâle cuivré qu'il cherchait lui-même sur le corps nu des femmes du Levant.

Pierre sourit du fond de l'horreur, c'est la meilleure nouvelle qu'il donne. La destinataire de ce bonheur se lit au dos : « à celle que j'aime tant ». Et grand-père tourne et retourne la photo entre ses mains, comme si par cette manipulation rapide il allait saisir le pont mystérieux qui relie l'envers et l'endroit, le lieu tragique et la formule tendre, comme si dans l'épaisseur de la tranche gisait ce composé d'amour et de mort qu'atteste la proximité des dates sur la dalle de granit.

Pour l'heure, il voit le grand jeune homme en manteau de deuil penché au-dessus des siens, épousant la courbe des cyprès qui s'inclinent doucement sous les souffles frais de novembre. On dirait qu'il hésite à se coucher à son tour, à reprendre entre eux la place chaude de l'enfant prodige qu'il fut, comme s'il se préparait déjà à répondre présent au prochain appel. Sa haute silhouette se fige entre les croix, incertaine. Les forces qui l'ont porté jusque-là paraissent l'avoir déserté. Pas encore vingt ans, orphelin, sans ressources, et la guerre tout autour, qui oserait choisir pour lui ? La foule se retire peu à peu du cimetière, et il reste seul dans le grand silence intérieur face à l'appel emmuré des siens, insensible aux tapes amicales qui empoignent maladroitement son épaule, aux mots d'encouragement qui se résument pour la plupart, devant la vanité des paroles, à la formulation de son prénom. La petite tante arrivée derrière lui le tire par le manteau, insiste, et, après quelques rappels, emporte sa décision. Il veut bien essayer encore. Il remonte l'allée centrale en compagnie de cette petite force têtue – oh, arrêtez tout.

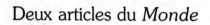

Deux articles du *Monde*

JEAN ROUAUD A LA GRACE

Soyons clair : placer le premier roman de Jean Rouaud, *les Champs d'honneur,* sous la rubrique « débuts » relève plus de la commodité que de la justice. D'emblée, spectaculairement, il y est à l'étroit. Soyons encore plus clair : si une rentrée littéraire ne devait offrir qu'*un livre de cette valeur,* toutes les considérations moroses sur la capacité de l'époque à produire une haute littérature, une littérature qui ne cherche sa dignité et sa justification qu'en elle-même, paraîtraient aussi vaines que hors de propos. Cela ne doit d'ailleurs pas conduire à un optimisme excessif, à un enthousiasme inverse : il faut plusieurs rentrées pour voir naître un roman comme celui de Jean Rouaud.

Un premier roman donc, puiqu'il faut bien un commencement. Et que souvent le chemin est long, tâtonnant, jusqu'à l'accomplissement, dont ce commencement, dans les meilleurs des cas, est la promesse. Lorsque ce chemin s'avère inutile, ou qu'il semble avoir déjà été, dans une secrète gestation, parcouru, lorsque promesse et accomplissement coïncident, il devient alors licite de risquer le mot qui convient : grâce.

181

Même si elle tombe du ciel – c'est-à-dire d'on ne sait où, – cette grâce intervient dans un paysage littéraire spécifique. Afin de n'y plus revenir, citons, à propos du roman de Jean Rouaud, le nom de Claude Simon (c'est aussi une commodité...), non tant pour repérer une influence que pour signaler un territoire. Territoire que le grand aîné ne limite pas, mais qu'au contraire il a largement ouvert. C'est dans cette ouverture que Rouaud, avec sa matière propre, vient se placer.

Quelle est cette matière ? Celle de la mémoire, commune en même temps qu'irréductiblement singulière ; de la mémoire qu'il faut, comme les reins et le cœur, encore et toujours sonder, afin d'en extraire le sens, un sens qui vaille, solidairement, pour les vivants et les morts.

Un lieu : la Loire inférieure, le pays nantais qu'imprègnent l'humidité et les brumes océanes. Un temps : celui qui a vu se succéder deux guerres, trois républiques et autant de générations...

Il n'y a pas, pour dire l'intimité de cette mémoire, de position d'extériorité. Elle ne se raconte pas du dehors. Elle se vit. L'écriture, qui est l'un des modes de ce vécu, ne la maîtrise pas, ne la plie pas à ses lois, mais s'inscrit en elle, s'y fond, y gagne sa tonalité propre. Mais être au cœur de cette mémoire, comme l'est le narrateur de Jean Rouaud, ne signifie pas qu'on y impose sa présence, son omniprésence.

C'est au contraire à partir d'un creux, d'une transparence, que le narrateur s'exprime, qu'il tisse dans son récit, la trame du temps et du souvenir. A travers tous les « *petits faits obtus* », à travers les figures familiales et l'humble généalogie où elles ont leur place, il retrouve la substance émotionnelle – tour à tour drôle ou pathétique – de ce temps scandé par la mort : celle du grand-père d'abord, de la « *petite tante* », admirables silhouettes arrachées à l'effacement ; celle du père, « *à quarante ans* », qui est l'un des fils essentiels du roman.

« *L'histoire (l'officielle, pour une fois que celle-là interfère avec la nôtre, la laissée-pour-compte)* », n'est pas ici, comme il arrive souvent dans le roman contemporain courant, un cadre plus ou moins nostalgique, un motif décoratif ou idéologique. Plus gravement, plus essentiellement, elle constitue l'épaisseur vivante qui englobe et détermine les destins individuels. Au centre de cette histoire, la guerre, la « Grande », « *paysage de lamentation, terre nue ensemencée de ces corps laboureurs, souches noires hérissées en souvenir d'un bosquet frais, peuple de boue, argile informe de l'œuvre rendue à la matière avec ses vanités, fange nauséeuse mêlée de l'odeur âcre de poudre brûlée et de charnier...* » Il faut lire à voix haute ces pages, à la fin du livre, sur l'emploi des gaz de combat, pour y entendre l'écho bouleversant de toute la souffrance des hommes des tranchées, souffrance anonyme et sans mesure.

L'écriture souple et ample, jamais emphatique, de Jean Rouaud épouse magnifiquement les inflexions d'un récit qui se développe en une construction circulaire parfaitement maîtrisée ; elle rythme sa progression, ordonne et donne sens au chaos de la mémoire. *Les Champs d'honneur* est mieux qu'un livre réussi dont on discute les vertus et qu'on range ensuite dans une hiérarchie serrée des mérites. Il est l'un de ces rares, de ces très rares livres, qui emportent l'immédiate conviction ; conviction qu'on brûle de faire partager. On peut souhaiter à Jean Rouaud de recueillir les suffrages, qu'il mérite superbement, du public et ceux, plus aléatoires, des jurys littéraires de l'automne. Pour notre part, souhaitons plutôt à ce

même public – et à ces mêmes jurys – de découvrir
tout simplement son livre et de s'enrichir de la grâce
dont il est habité.

Patrick Kéchichian
Le Monde, 14 septembre 1990

JEAN ROUAUD,
LE KIOSQUIER SANS CONVOITISES

L'auteur du roman « Les Champs d'honneur » est marchand de journaux à Paris

Attachant, Jean Rouaud. C'est la considération qui prévaut au sortir d'une rencontre avec ce nouveau mais plus tout jeune auteur (trente-huit ans le 13 décembre), simple employé kiosquier à Paris mais titulaire d'une maîtrise de lettres, surgi en quelques jours de l'anonymat par la grâce d'un livre, *les Champs d'honneur,* de critiques subjugués et d'un coup d'essai coup de maître à « Caractères », la nouvelle émission littéraire d'Antenne 2.

Par sa propre grâce d'abord, sans quoi rien ne serait dit ni publié, une richesse intérieure qui transparaît dans un regard éclairé et un visage de jeune vieux amoureux de Peynet.

Plutôt amusé de ce qui lui arrive *« en surface »,* Jean Rouaud : le marchand de journaux est assailli par les journalistes... ; on l'aborde chaleureusement dans la rue, dans le métro, depuis sa prestation, vendredi 14 septembre, chez Bernard Rapp, et sa popularité de quartier s'est accrue, un peu plus envahissante mais plus respectueuse aussi.

Il y a quelques années que le kiosque de la rue de Flandre, dans le XIXᵉ arrondissement, est devenu un lieu de dialogue, et Jean Rouaud a une affection particulière pour « *un vieux monsieur de quatre-vingts ans* » ami personnel de René Char et féru de poésie. Des conversations qui lui permettent d'aller contre – comme il dit : « *Le talent, c'est aller contre son talent* » – un tempérament hypertimide. « *Je n'avais jamais eu d'amis avant de commencer à travailler ici* ».

Amusé, Jean Rouaud, mais pas encore très conscient que sa vie, du moins son existence matérielle – il gagne actuellement le SMIC et n'a jamais payé d'impôts – peut radicalement changer : déjà 20 000 exemplaires vendus et ce n'est pas fini, même si aucun jury littéraire de l'automne ne s'intéresse aux *Champs d'honneur*. Ce qui, dit-il en passant, l'indiffère totalement : on le croit sur parole tellement son itinéraire a été jusqu'ici hors normes sociales, hors vraisemblance pour le brillant étudiant qu'il fut et l'homme cultivé qu'il est. Un marginal de l'esprit, Jean Rouaud.

Quand il naît, en 1952, à Campbon, un bourg de Loire-Atlantique entre Nantes et Saint-Nazaire, son père devient représentant de commerce en fournitures scolaires, tandis que sa mère continue de tenir, dans le village, le petit magasin de vaisselle familial fermé quatre ans durant la guerre. Si « *se saigner aux quatre veines* » pour ses enfants – en l'occurrence un garçon et deux filles – est le souci de beaucoup de parents modestes, c'est une idée fixe chez le père de Jean Rouaud : il y laissera sa santé et sa vie à quarante et un ans.

Une ligne infranchissable

Un père qui a « *posé ses jalons* » avant de mourir :
préparer ses enfants à des études longues. Il inscrit son
fils en sixième, comme pensionnaire au collège Saint-
Louis de Saint-Nazaire. Un internat dont Jean Rouaud
garde un souvenir « *d'oppression* ». Mais il obtiendra
sans problème le bac C avant d'opter pour la faculté
des lettres de Nantes : « *C'est seulement*, explique-t-il,
*la capacité lyrique de l'écriture qui m'a intéressé en
fac. Comment joindre le réel au lyrique, le réel du
réel étant bien sûr la mort.* »

La mort de son père, le lendemain de Noël 1963
– Jean Rouaud a onze ans – laissera une blessure inci-
catrisable. Un père passionnément admiré, qui s'est
évadé à l'âge de dix-sept ans d'un train qui l'emmenait
en Allemagne au titre du STO et qui est entré, durant
les trois dernières années de la guerre, dans les maquis
de la Résistance. « *Une figure héroïque* », dit l'auteur
des *Champs d'honneur*, « *un homme charismatique,
très épris de culture, qui avait trop de talent pour
l'endroit où il est né. Une sorte de Madame Bovary,
et j'ai toujours trouvé insupportable que l'on parle
avec mépris de petites ou moyennes gens. Il y a une
ligne de l'intolérable à ne pas franchir qui s'appelle
la dignité humaine* ».

Un père, déjà très présent dans *les Champs d'honneur* et qui sera « *l'épicentre* » de son prochain roman
(pendant la guerre de 1939-40 et la Résistance), le
premier étant surtout consacré, pour simplifier, à ses
grands-parents et à la guerre de 1914-18. Mais ce
n'est pas une saga qu'écrit Jean Rouaud : c'est avec
pour sublime modèle les *Mémoires d'outre-tombe* de
Chateaubriand – « *le livre complet* », dit-il – la recons-
titution de son temps dans l'histoire et dans l'espace,
en fouillant dans ses connaissances et dans des souve-

nirs émotionnels. « *Un peu,* sourit-il, *à la manière de Cuvier qui, avec une vertèbre, reconstituait un dinosaure.* »

Trois mois de travail
six mois de chômage

Un long cheminement de pensée. un long mûrissement, mais Jean Rouaud n'est pas un homme pressé. Lorsqu'il quitte, en 1974, la faculté de Nantes avec sa maîtrise de lettres, il n'a, de son propre aveu, « *aucune vocation, aucune énergie* ». Si mai 1968 a été un mois comme les autres à Campbon, il a été « *ébloui* », en revanche, lors des dures grèves estudiantines de 1970, par « *l'extraordinaire liberté d'esprit* » de ses condisciples. Lui, l'hypertimide, n'est que « *spectateur* », mais il adhère à la phraséologie du moment : « *Pour se désaliéner, disait-on à la fac, il ne fallait pas travailler : j'ai trouvé là, une réponse toute faite à mon inadaptation totale à la vie professionnelle.* »
Profiter de la société, même en vivant très chichement : trois mois de travail, six mois de chômage... Jean Rouaud fait ainsi trente-six petits boulots : vente à domicile, pompiste de nuit, marchand ambulant, etc. En 1979-1980 il est télexiste à *Presse Océan,* mais pendant un an et demi il écrit tout de même un billet d'humeur à la une de *l'Eclair de Nantes* avant d'être « *viré par Hersant* ».
C'est aussi qu'il a cessé d'être « *vaguement poujadiste* » – après avoir admiré le général de Gaulle « *en osmose métaphysique* » avec son père – pour embrasser les idées de gauche « *en adéquation avec ma sensibilité épidermique et ma vision politique* ». Il faut l'amour d'une femme pour le décider, en 1981, à venir à « *Paris l'inapprochable* » travailler deux ans dans

une librairie d'art, puis trouver, *via* la Mairie de Paris, ce poste de kiosquier, rue de Flandre. « *Toujours aux plus bas échelons,* souligne-t-il, *sans aucune convoitise, sans aucune volonté de système.* »

Mais c'est le même homme qui cite les grands auteurs, joue du piano classique, rédige la dernière partie des *Champs d'honneur* à l'écoute de la sonate numéro 8 de Mozart et veut être, dans son écriture, « *à la hauteur* », selon le message de son père. « *Si mon éditeur,* affirme-t-il, *m'avait donné un simple satisfecit j'aurais repris mon manuscrit.* »

Amusé, Jean Rouaud, de cette effervescence soudaine. Mais pas vraiment surpris au fond de lui-même car, « *conscient de ses territoires* ». Il n'est pas sur un petit nuage. Il entend rester sur sa propre planète.

Michel Castaing
Le Monde, 30 septembre / 1er octobre 1990

CET OUVRAGE A ÉTÉ ACHEVÉ D'IMPRIMER
LE DOUZE SEPTEMBRE DEUX MILLE UN
DANS LES ATELIERS DE NORMANDIE ROTO
IMPRESSION S.A. À LONRAI (61250)
N° D'ÉDITEUR : 3623
N° D'IMPRIMEUR : 011920

Dépôt légal : septembre 2001